NIKKI BUSCH * CORDULA THÖRNER



# DAS GROSSE FUSSBALL-RÄTSEL-BUCH

ILLUSTRIERT VON CORNELIA HAAS
UND CHRISTIANE HAHN

CARLSEN

## Das Zahlenalphabet

| | | | | | | | | | |
|---|---|---|---|---|---|---|---|---|---|
| A | B | C | D | E | F | G | H | I | J |
| 1 | 2 | 3 | 4 | 5 | 6 | 7 | 8 | 9 | 10 |
| K | L | M | N | O | P | Q | R | S | T |
| 11 | 12 | 13 | 14 | 15 | 16 | 17 | 18 | 19 | 20 |
| U | V | W | X | Y | Z | Ä | Ö | Ü | ß |
| 21 | 22 | 23 | 24 | 25 | 26 | 27 | 28 | 29 | 30 |

## Das Hunderterfeld

| | | | | | | | | | |
|---|---|---|---|---|---|---|---|---|---|
| 1 | 2 | 3 | 4 | 5 | 6 | 7 | 8 | 9 | 10 |
| 11 | 12 | 13 | 14 | 15 | 16 | 17 | 18 | 19 | 20 |
| 21 | 22 | 23 | 24 | 25 | 26 | 27 | 28 | 29 | 30 |
| 31 | 32 | 33 | 34 | 35 | 36 | 37 | 38 | 39 | 40 |
| 41 | 42 | 43 | 44 | 45 | 46 | 47 | 48 | 49 | 50 |
| 51 | 52 | 53 | 54 | 55 | 56 | 57 | 58 | 59 | 60 |
| 61 | 62 | 63 | 64 | 65 | 66 | 67 | 68 | 69 | 70 |
| 71 | 72 | 73 | 74 | 75 | 76 | 77 | 78 | 79 | 80 |
| 81 | 82 | 83 | 84 | 85 | 86 | 87 | 88 | 89 | 90 |
| 91 | 92 | 93 | 94 | 95 | 96 | 97 | 98 | 99 | 100 |

# Tor, Toor, Tooor!!!

Fußball begeistert unvorstellbar viele Menschen – mehr als 260 Millionen spielen in Vereinen auf der ganzen Welt.

In diesem Rätselbuch kannst du dein Fußballwissen testen und noch viel dazulernen:

- Seit wann wird Fußball gespielt?
- Wie lauten die Spielregeln?
- Wie heißen berühmte Fußballerinnen und Fußballer?
- Welche Fußballrekorde wurden aufgestellt?
- Und vieles mehr

Am Ende kannst du dein Fußballwissen in einem Quiz testen. Alle Lösungen findest du ganz hinten im Buch.

Viel Spaß beim Rätseln!

# 1 Schon vor langer, langer Zeit

**SCHON VOR MEHR ALS 4700 JAHREN** gab es erste Spiele, die unserem Fußballspiel ähnelten. Lange Zeit wurden sie nur von wohlhabenden und gebildeten Männern gespielt. Erst im 19. Jahrhundert wurde Fußball zu einer Sportart, die vom ganzen Volk ausgeübt werden durfte.

**In welchem Land wurde wahrscheinlich schon 2700 Jahre vor Christi Geburt ein Spiel namens „Cuju" (übersetzt „Tretball") gespielt? Finde den richtigen Weg durch das Labyrinth und schreibe die Buchstaben auf.**

**LÖSUNG:** ☐☐☐☐☐

# 2 Bekanntmachung!

Der Begriff Fußball tauchte etwa IM JAHR 1314 zum ersten Mal in einem europäischen Land auf: in einer Bekanntmachung des Bürgermeisters der Hauptstadt des Landes.

**Was teilte der Bürgermeister den Menschen mit? Rate und kreuze die richtige Bekanntmachung an.**

- A ◯ Alle, die in den Straßen Fußball spielen, sollen zur Kennzeichnung eine rote Mütze tragen.
- B ◯ Beim Fußballspielen in den Straßen ist es verboten, andere Spieler zu treten und zu schlagen.
- C ◯ Das Fußballspielen in den Straßen ist von nun an verboten, weil es wild und ohne feste Regeln gespielt wird.
- D ◯ Das Spielen mit dem Ball ist nur barfuß gestattet.
- E ◯ Schiedsrichter ist immer der Bürgermeister.

# 3 Very british!

**In welchem Land wurde diese Bekanntmachung veröffentlicht?**

**A Bilde aus den beiden Antworten das Lösungswort!**

Anderes Wort für schmal = ☐☐☐

Anderes Wort für Staat = ☐☐☐☐

**LÖSUNG:** ☐☐☐☐☐☐☐

**B Setze aus den vorhandenen Buchstaben den Namen der Hauptstadt des Landes zusammen.**

D L N N O O = ☐☐☐☐☐☐

# 4 Ein raues Spiel im schönen Florenz

**IM 15. UND 16. JAHRHUNDERT** spielten Männer aus vornehmen Familien im italienischen Florenz eine Art Fußball. Auf den Plätzen der Stadt versammelten sich Zuschauerinnen und Zuschauer und feuerten ihre Mannschaft an. Rau ging es zu bei diesem Spiel, das eine Mischung aus Fußball und Rugby war.

**Nur eine der vier Personen findet den Weg durch die engen Gassen, um das Spiel auf dem Marktplatz zu sehen. Wer ist das? Kreise sie ein.**

# 5 Florentinische Tradition

**Auch heute noch wird dieses historische Fußballspiel jeden Sommer in Florenz ausgetragen. Wie dieses traditionelle Spiel heißt, erfährst du, wenn du für die Zahlen die entsprechenden Buchstaben aus dem Zahlenalphabet (Seite 2) einträgst.**

| 3 | 1 | 12 | 3 | 9 | 15 |
|---|---|---|---|---|---|
| | | | | | |

| 19 | 20 | 15 | 18 | 9 | 3 | 15 |
|---|---|---|---|---|---|---|
| | | | | | | |

# 6 Das erste Regelwerk

**DER MODERNE FUSSBALL** entstand im 19. Jahrhundert in England und Schottland. In den feinen Privatschulen wurden die ersten Regeln eingeführt, die aber nur in der jeweiligen Schule galten. Ehemalige Studenten gründeten schließlich Mitte des 19. Jahrhunderts die „Football Association", den ersten Fußballverband, und legten allgemeingültige Regeln fest.

**Rechne Blatt für Blatt von oben nach unten aus, in welchem Jahr die ersten Regeln eingeführt wurden!**

# 7 Handspiel

**Rate, welches Handspiel nach dem internationalen Regelwerk seit der Spielzeit 2021/22 nicht mehr bestraft wird.**

**Wenn eine Spielerin oder ein Spieler:**

- **A** ◯ bei einer Bewegung ein Handspiel in Kauf nimmt.
- **B** ◯ mit der Hand oder dem Arm ein Tor erzielt.
- **C** ◯ bei der Torvorbereitung ein unabsichtliches Handspiel begeht.

# 8 Ziemlich altmodisch

So sahen die Fußballspieler um 1900 aus. Welche beiden sind genau gleich? Kreise ein.

# 9 Nach dem Spiel

Hier siehst du Beine mit Stollenschuhen und Stulpen.
Welche zwei Beine sind gleich? Kreise ein.

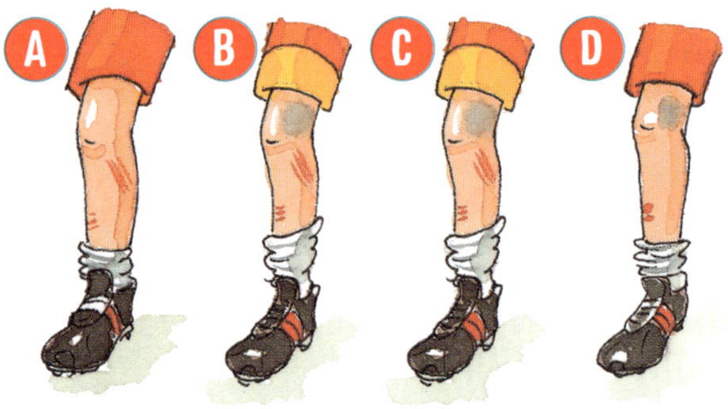


# 10 Medizinische Betreuung

Leider kommen Verletzungen auf dem Fußballplatz oft vor. Wie zwei der medizinischen Fachkräfte heißen, die die Spielerinnen und Spieler betreuen, erfährst du, wenn du für die Zahlen die entsprechenden Buchstaben aus dem Zahlenalphabet (Seite 2) aufschreibst.

| | 15 | 18 | 20 | 8 | 15 | 16 | 27 | 4 | 5 |
|---|---|---|---|---|---|---|---|---|---|
| A | | | | | | | | | |

| | 16 | 8 | 25 | 19 | 9 | 15 | 20 | 8 | 5 | 18 | 1 | 16 | 5 | 21 | 20 |
|---|---|---|---|---|---|---|---|---|---|---|---|---|---|---|---|
| B | | | | | | | | | | | | | | | |

# 11 Schutz vor Verletzungen

Schon in der zweiten Hälfte des 19. Jahrhunderts schützten sich die meisten Sportler mit BANDAGEN UND SCHIENEN vor Verletzungen. Seit 1990 ist das Tragen bestimmter Sicherheitskleidung im Vereinsfußball Pflicht für alle Spielerinnen und Spieler.

**Wenn du das Bilderrätsel löst, kannst du den Namen für diesen Begriff lesen.**

1

2

3

4

5

6

7

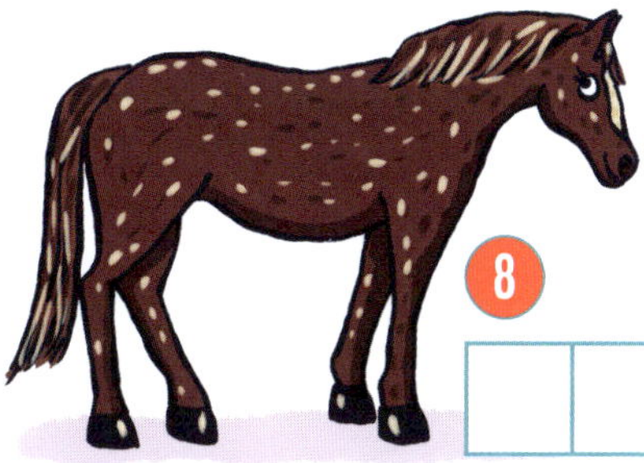

8

LÖSUNG:

# 12 Eine große Fußballnation

**Was weißt du über England als Fußballnation? Rate, welche der Antworten jeweils richtig ist.**

**1 Wie wird England auch genannt?**

- A ◯ Das Mutterland des Fußballs
- B ◯ Der Vater des Regelwerks
- C ◯ Die Tante des Platzwarts

**2 Was ist auf dem Wappen des englischen Fußballverbandes zu erkennen?**

- A ◯ Fish and Chips (deutsch: Fisch und Pommes)
- B ◯ König Charles
- C ◯ Drei Löwen

**3 Wie heißt das legendäre und größte Fußballstadion Englands, das nach seinem Abriss 2003 neu aufgebaut wurde und heute 90.000 Zuschauer*innen Platz bietet?**

- A ◯ Wonder-Stadion
- B ◯ Wembley-Stadion
- C ◯ Water-Stadion

**4 Welcher Verein spielt nicht in der englischen Liga?**

- A ◯ Manchester United
- B ◯ Ajax Amsterdam
- C ◯ Liverpool FC

**5 Wie oft wurde die englische Männermannschaft bis 2023 Fußball-Weltmeister?**

- A ◯ Einmal
- B ◯ Dreimal
- C ◯ Fünfmal

# 13 Das gab's vorher noch nicht!

Im ersten Länderspiel trat 1872 Schottland gegen England an. **MEHRERE TAUSEND ZUSCHAUER** sahen sich das Spiel auf einem Kricketfeld in Glasgow (Schottland) an. Es endete mit einem Unentschieden. Die Zuschauerzahl war eine kleine Sensation, denn eigentlich war Fußball damals noch nicht sehr beliebt.

**Zähle alle Fußbälle, halbiere die Zahl und ziehe vom Ergebnis 23 ab. Dann weißt du, wie viele Tore beide Teams zusammen schossen. Wie lautet das Ergebnis?**

**LÖSUNG:** ______________

# 14 Unsere französischen Nachbarn

1894 wurde die **FRANZÖSISCHE FUSSBALL-LIGA** gegründet. Doch bis zum Ende des 20. Jahrhunderts war Fußball in Frankreich nicht so beliebt wie Radsport, Boule und Rugby. Inzwischen gibt es auch viele französische Fußballfans.

**Frankreich hat viele erfolgreiche Fußballclubs. Welche zwei der in der Karte genannten Vereine gibt es nicht? Kreuze an.**

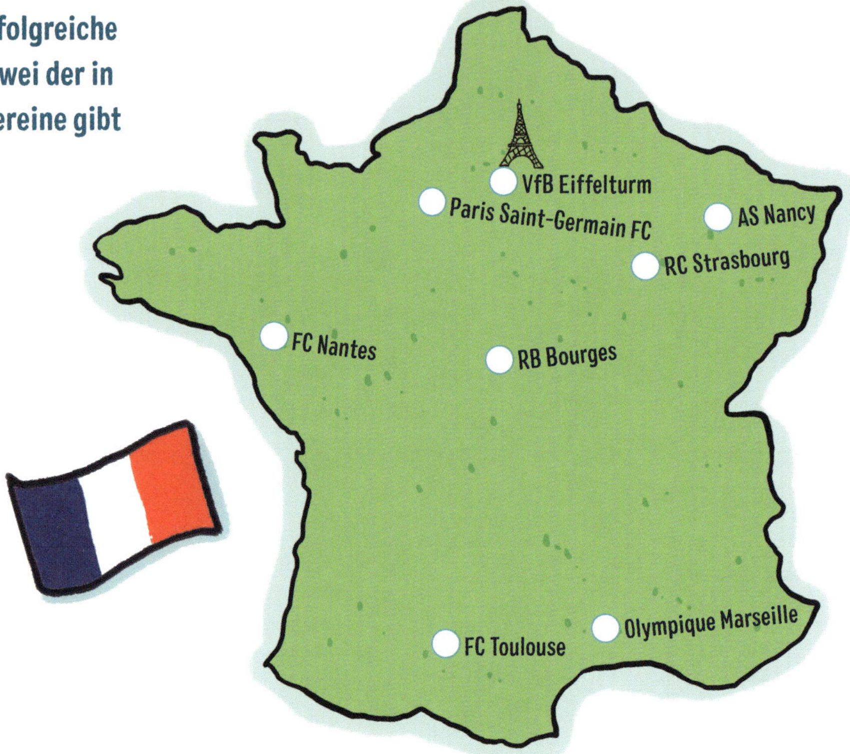


# 15 Endspielgegner

**Die französische Männermannschaft wurde bis 2023 zweimal Weltmeister und zweimal Europameister. Wie die unterlegenen Gegner in den Endspielen hießen, erfährst du, wenn du die Buchstaben der Länder richtig sortierst. Der erste Buchstabe ist immer markiert, und die jeweilige Hauptstadt steht in Klammern.**

EM 1984: NA**S**ENIP (Madrid)
= ______________________

EM 2000: NEIT**I**LA (Rom)
= ______________________

WM 1998: LEISRA**B**IN (Brasilia)
= ______________________

WM 2018: ROTNEI**K**A (Zagreb)
= ______________________

# 16 Das erste Regelwerk

1904 gründeten die nationalen Fußballverbände der Schweiz, Dänemarks, Frankreichs, der Niederlande, Belgiens, Schwedens und Spaniens in Paris die FIFA als Weltfußballverband. Dieser Verband organisiert z.B. die Weltmeisterschaft.

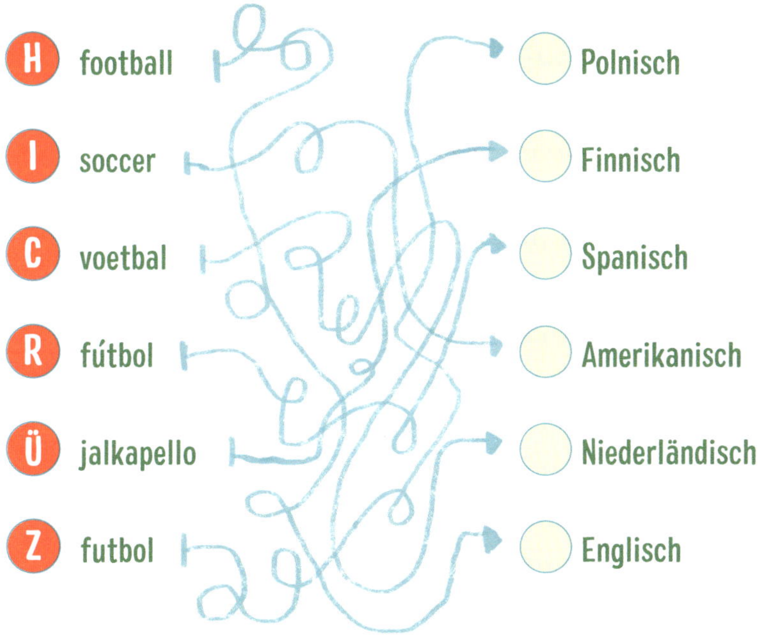


Ordne das jeweilige Wort für Fußball der richtigen Sprache zu und schreibe den entsprechenden Buchstaben in den Kreis.

Wenn du die Buchstaben von oben nach unten aufschreibst, kannst du die Stadt in der Schweiz lesen, in der die FIFA heute ihren Hauptsitz hat.

LÖSUNG: | | | | | |

# 17 Der europäische Fußballverband (UEFA)

1954 schlossen sich 31 nationale Fußballverbände, die der FIFA angehörten, zum EUROPÄISCHEN FUSSBALLVERBAND (UEFA) zusammen. Bis heute (2023) sind noch einige Nationen dazugekommen, die nicht alle innerhalb der geografischen Grenzen Europas liegen.

Wie viele es insgesamt genau sind, erkennst du, wenn du die Rechenaufgabe löst.

251 – 101 – 100 + 5 = ________

# 18 Deutscher Fußball-Bund (DFB)

Der **DFB** wurde im Jahr 1900 in Leipzig gegründet und trat der FIFA im Jahr ihrer Gründung 1904 bei. Der DFB ist heute der Dachverband von 27 Fußballverbänden in Deutschland. Knapp 24.500 Fußballvereine mit mehr als 7 Millionen Mitgliedern gehören ihm an. Damit ist der DFB mit Sitz in Frankfurt am Main der größte nationale Sportfachverband der Welt.

**1903 wurde die erste Deutsche Meisterschaft ausgetragen. Wer hat sie gewonnen?**
**Bei der Lösung helfen dir folgende Hinweise:**

Der DFC Prag kam weiter als der Karlsruher FV.

Der Karlsruher FV war weniger erfolgreich als der VfB Leipzig.

Der DFC Prag spielte schlechter als der VfB Leipzig.

**LÖSUNG:** ______________________

# 19 Die höchste Spielklasse in der BRD

1962 wurde auf Beschluss des DFB die Bundesliga als höchste Spielklasse im deutschen Fußball gegründet – damals mit 16 Mannschaften. Heute spielen 18 Teams in Hin- und Rückspielen gegen jeden anderen Verein um die **DEUTSCHE MEISTERSCHAFT** sowie um die Teilnahme an den Europapokalwettbewerben. Die letzten beiden Mannschaften steigen direkt in die (1974 gestartete) 2. Bundesliga ab; der Drittletzte spielt gegen den Dritten der 2. Liga um den Platz in der Bundesliga.

**Welcher süddeutsche Verein wurde mit großem Abstand am häufigsten Deutscher Meister?**

- A ◯ Borussia Dortmund
- B ◯ Werder Bremen
- C ◯ Bayern München

# 20 Fußball in der ehemaligen DDR

1949 wurde die höchste Spielklasse der DDR gegründet, die den **DDR-MEISTER** aus 14 Mannschaften ermittelte. Rekordspieler war Eberhard Vogel (440 Spiele) und Rekordtorschütze Joachim Streich (229 Tore).
Nach der Wiedervereinigung trat der „Deutsche Fußball-Verband der DDR" dem DFB bei, und die Vereine FC Hansa Rostock und Dynamo Dresden wurden in die Bundesliga übernommen. Die Liga spielte 1991/92 daher vorübergehend mit 20 Vereinen, von denen vier absteigen mussten.

**Schreibe die Bedeutung der Bilder in die entsprechenden Zeilen.**
**Die markierte Spalte verrät dir, wie die höchste Spielklasse in der DDR hieß.**

# 21 Ein Rekordergebnis

Das Bundesligaspiel Borussia Mönchengladbach gegen Borussia Dortmund in der Saison 1977/78 gewann Mönchengladbach mit einem Rekordergebnis. Wie viele Tore die Siegermannschaft schoss, erfährst du, wenn du die Zahl findest, die durch 6 teilbar ist!

3 10 14 7

10 25 16 12 26

20

8 46

**ERGEBNIS:**

| Mönchengladbach | Dortmund |
| --- | --- |
| | 0 |

# 22 Die höchste Spielklasse in der BRD

GERD MÜLLER (1945–2021) spielte 15 Jahre lang für den FC Bayern München und war auch in der Nationalmannschaft ein Ausnahmestürmer. In der Saison 1971/72 erzielte er 40 Tore und hielt diesen Rekord 49 Jahre lang, bis Robert Lewandowski ihn in der Saison 2020/21 mit 41 Toren überholte.

Weil er so viele Tore schoss, hatte Gerd Müller einen Spitznamen. Du kannst ihn lesen, wenn du für die Zahlen die entsprechenden Buchstaben aus dem Zahlenalphabet einsetzt.

| 2 | 15 | 13 | 2 | 5 | 18 | | 4 | 5 | 18 | | 14 | 1 | 20 | 9 | 15 | 14 |
| --- | --- | --- | --- | --- | --- | --- | --- | --- | --- | --- | --- | --- | --- | --- | --- | --- |
| | | | | | | | | | | | | | | | | |

# 23 Rekordschütze der Bundesliga

Noch heute ist Gerd Müller der Fußballer, der die meisten Bundesligatore in 427 Spielen (alle für den FC Bayern München) schoss (Stand 2022). Wie viele es genau sind, kannst du errechnen, wenn du für die Fußbälle die entsprechenden Zahlen aus dem Hunderterfeld (siehe Seite 2) zusammenrechnest.

Wenn dir das zu schwer ist, kannst du einen Taschenrechner benutzen.

Schreibe zuerst alle Zahlen auf und rechne sie dann zusammen:

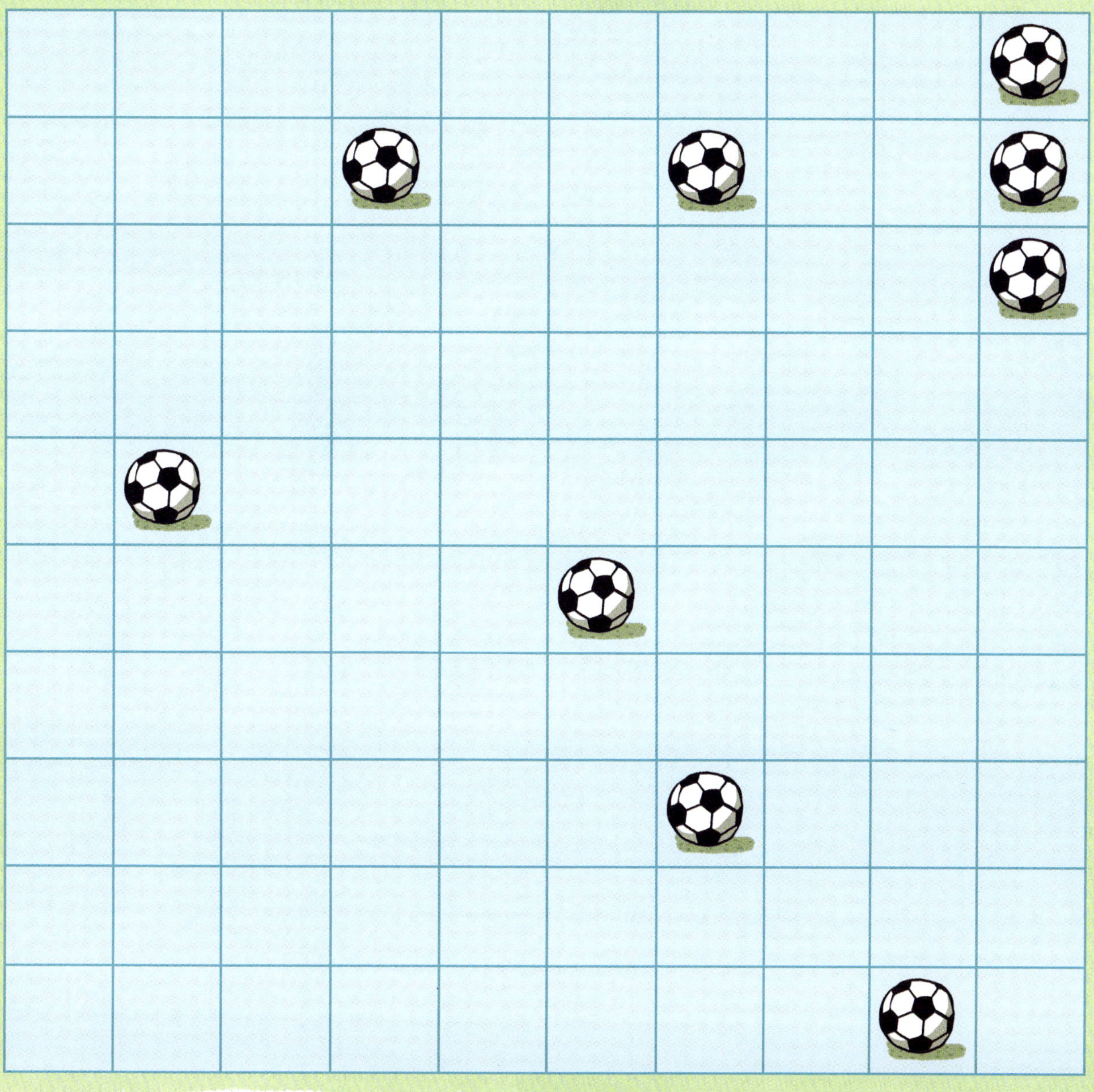

ERGEBNIS: ______ TORE

## 24 Die richtige Fußballkleidung

Seit 1913 muss das TRIKOT DES TORWARTS eine andere Farbe haben als die Trikots der Feldspieler. Das ist wichtig, damit der Schiedsrichter erkennen kann, wer im Torraum den Ball in die Hand nimmt – denn das darf schließlich nur der Torwart.

**Was tragen Feldspielerinnen und -spieler bei einem Fußballspiel? Kreuze die fünf richtigen Bilder an.**

## 25 Anders als andere Sportschuhe

**Fußballschuhe haben eine Besonderheit. Welche das ist, kannst du lesen, wenn du für die Zahlen die entsprechenden Buchstaben aus dem Zahlenalphabet schreibst.**

**Die Schuhe haben:**

| 19 | 20 | 15 | 12 | 12 | 5 | 14 |
|---|---|---|---|---|---|---|
| | | | | | | |

# 26 Erst spielen, dann feiern!

**Hier haben wohl einige Fußballerinnen und Fußballer den Sportplatz mit einer Party verwechselt. Kreise die zwölf Dinge ein, die nichts auf dem Platz zu suchen haben.**

# 27 Schmuckverbot auf dem Platz!

**Weshalb ist das Tragen von Schmuck beim Spiel nicht erlaubt? Kreuze die richtige Antwort an.**

- A ◯ Damit niemand angeben kann.
- B ◯ Damit keiner vom Gold geblendet wird.
- C ◯ Damit man sich beim Spiel nicht verletzen kann.
- D ◯ Damit Taschendiebe auf dem Platz keine Chance haben.
- E ◯ Damit man sich bei einer Strafe nicht rauskaufen kann.

# 28 Weltklasse-Torhüter

**In diesem Buchstabengitter sind waagerecht, senkrecht und diagonal die zwölf unten genannten Torwartlegenden versteckt. Kannst du sie finden?**

BAIA • BARTHEZ • BUFFON • CASILLAS • CECH • KAHN • KÖPKE • MAIER • NEUER • PFAFF • SCHUMACHER • TUREK

| | | | | | | | | | | | | | | |
|---|---|---|---|---|---|---|---|---|---|---|---|---|---|---|
| Q | W | E | T | R | T | Z | U | C | I | O | P | Ü | A | S |
| S | C | H | U | M | A | C | H | E | R | D | F | G | H | J |
| K | L | Ö | R | Ä | Y | X | C | C | V | B | N | M | M | N |
| B | V | C | E | X | Y | Ä | L | H | Ö | K | J | H | G | F |
| D | S | A | K | A | H | N | Q | P | R | T | Z | U | I | O |
| P | O | I | U | Z | T | E | R | E | W | Q | A | S | B | D |
| D | F | G | H | J | U | U | T | K | T | R | N | B | A | R |
| S | D | F | B | G | E | E | W | Z | O | P | F | Q | R | E |
| G | H | M | A | I | E | R | X | C | V | F | B | N | T | M |
| K | A | S | I | D | F | G | H | J | A | L | K | Ö | H | O |
| Ö | P | O | A | U | Z | T | R | F | E | W | Q | A | E | S |
| P | Z | E | E | C | L | G | P | V | B | H | G | C | Z | M |
| K | U | D | R | D | K | T | Ö | F | N | J | A | X | V | M |
| E | J | C | F | P | Q | R | C | A | S | I | L | L | A | S |
| D | K | B | B | U | F | F | O | N | L | K | S | D | B | N |

# 29 Geldgeber der Vereine

Früher waren **FUSSBALLSCHUHE** aus hartem Leder. Bis zur ersten WM 1930 spielte man in klobigen Stiefeln. Heute gibt es leichte Fußballschuhe, die aus Kunststoff oder Leder, manche aus Känguruleder, hergestellt werden.

**Manche Firmen oder Personen unterstützen Fußballerinnen und Fußballer sowie Vereine mit großen Geldspenden, damit sie ihre Produkte bewerben. Die Logos dieser Marken sieht man auf den Trikots, auf Werbeflächen von Sportanlagen, oder es werden ganze Stadien nach ihnen benannt.**

**Wie nennt man diese Geldgeber? Beantworte die Fragen und setze aus den Buchstaben in den markierten Feldern das Lösungswort zusammen.**

1 Sie leitet das Spiel

| | | | | | | | | | | | | | | | |
|---|---|---|---|---|---|---|---|---|---|---|---|---|---|---|---|
| | | | | | | | R | | | | | | | | |

2 Seitliche Begrenzung des Tores

| | | | | | | |
|---|---|---|---|---|---|---|
| | F | | | | | |

3 Austragungsort von Fußballspielen

| | | | | | | |
|---|---|---|---|---|---|---|
| | | A | | | | |

4 Zusätzliche Spielzeit (2 × 15 Minuten)

| | | | | | | | | | | | |
|---|---|---|---|---|---|---|---|---|---|---|---|
| | | | | Ä | | | | | | | |

**LÖSUNG:**

| | | | | | | | | |
|---|---|---|---|---|---|---|---|---|
| | | | | | | | | |

# 30 Gigantisch groß

**DAS GRÖSSTE SPORTSTADION** weltweit ist das Rungrado May Day Stadium in Pjöngjang, Nordkorea. 114.000 Personen finden auf den Rängen Platz. Das größte Stadion in Deutschland ist der „Signal Iduna Park" in Dortmund.

**Beantworte die Fragen und setze dann die Anzahl aller Personen, die im Dortmunder Stadion Platz finden, aus den beiden Zahlen zusammen.**

1 $9 \cdot 9 =$ ______

2 Wie viele Tage hat ein Jahr (kein Schaltjahr)? ______

**LÖSUNG:**

| | | | | |
|---|---|---|---|---|
| | . | | | |

# 31 Ein runder Ball mit vielen Ecken!

**KINDER- UND JUGENDMANNSCHAFTEN** spielen mit kleineren, leichteren Bällen als Erwachsene. Auch Spielfeld und Tore sind kleiner. Später wird dann auf das große Tor gespielt. Es ist 7,32 Meter breit und 2,44 Meter hoch.

**A** Viele Fußbälle bestehen aus Fünf- und Sechsecken. Rechne die beiden Aufgaben aus. Dann weißt du, wie viele Fünf- und Sechsecke dieser Ball hat.

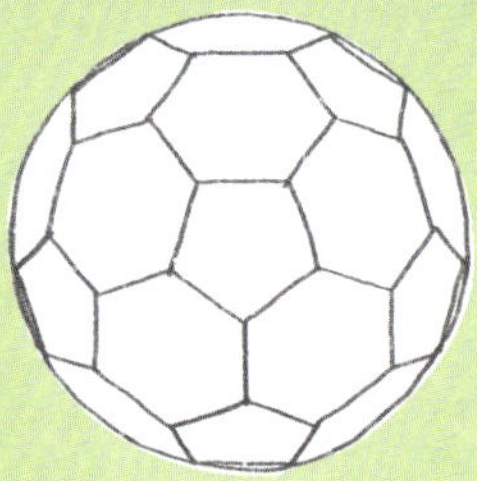

**Fünfecke:**

2 + 5 + 9 + 20 + 25 – 49 = ________

**Sechsecke:**

20 + 15 + 25 + 30 + 10 – 80 = ________

**B** Ein Herrenfußball Größe 5 muss zwischen 410 und ... Gramm wiegen. Kannst du das Höchstgewicht ausrechnen?

50 + 25 + 25 + 150 + 50 + 100 + 30 + 20 = ________ Gramm

Hier hast du Platz zum Rechnen.

# 32 Tooor!

**Welcher Spieler schießt nicht ins Tor? Und findest du die fünf Fehler auf dem Fußballplatz?**

**A** Welcher Fußballer oder welche Fußballerin schießt mitten aufs Tor? ________

**B** Im Bild sind 5 Fehler versteckt. Kreise sie ein.

**C** Wie viele Fußbälle siehst du auf dem Bild? ________

**D** In dem Bild sind drei Sportgeräte bzw. Schutzkleidungsstücke versteckt, die nicht zum Fußball gehören. Schreibe die beiden dazugehörigen Sportarten auf.

1. ______________________________

2. ______________________________

# 33 Die Weltmeisterschaft 2006 in Deutschland

**2006 FAND DIE FUSSBALL-WM** der Männer zum zweiten Mal in Deutschland statt. Italien gewann das Finale gegen Frankreich und wurde zum vierten Mal Weltmeister. Deutschland belegte den dritten Platz. Miroslav Klose wurde mit 5 Toren Torschützenkönig der WM.

**„+Teamgeist" war der offizielle Name des Spielballs der WM der Männer im Jahr 2006 und der WM der Frauen im Jahr 2007 in China. Male die Felder in den vorgegebenen Farben aus, und du kannst erkennen, wie der Ball aussah.**

**1 = 2 = 3 =**

# 34 Brasilianische Ballkunst

**DER FALLRÜCKZIEHER** wurde in den 1930er-Jahren erstmals von einem brasilianischen Spieler gespielt. Er ist sehr schwierig zu erlernen. Wird er zu nah an einem Mitspieler ausgeführt, kann er für diesen gefährlich sein und muss deshalb abgepfiffen werden.

**Auf welchem der vier Bilder wird der Fallrückzieher dargestellt?**

# 35 Täuschungsmanöver

**Wie nennt man eine Aktion auf dem Spielfeld, mit der man dem gegnerischen Team etwas vortäuscht? Schreibe die markierten Buchstaben auf.**

**LÖSUNG:**

## 36 Ohne Ballgefühl geht gar nichts!

Um gut im Fußball zu sein, braucht man BALLGEFÜHL. Das muss trainiert werden. Am Anfang gehen viele Bälle daneben. Doch im Laufe der Zeit wird das Spiel immer sicherer. Und irgendwann ist man so geschickt, dass man sogar kleine Kunststücke mit dem Ball machen kann.

**Welche Techniken sollte man im Fußball möglichst gut beherrschen? Findest du die acht Begriffe in diesem Wortgitter? Suche auch von rechts nach links und von unten nach oben.**

| | | | | | | | | | | | |
|---|---|---|---|---|---|---|---|---|---|---|---|
| B | A | K | O | P | F | S | T | O | S | S | T |
| A | U | T | O | R | Ä | T | D | T | E | G | O |
| L | S | S | U | H | C | S | R | O | T | N | B |
| L | B | L | N | Ü | L | E | I | P | S | U | Z |
| M | I | L | E | L | A | I | B | B | I | R | R |
| I | E | A | H | R | O | T | B | U | C | H | O |
| T | S | B | C | H | H | E | E | C | H | Ü | T |
| N | E | E | S | Ü | D | N | L | A | U | F | O |
| A | L | D | U | T | O | R | N | A | H | L | R |
| H | N | N | Ä | R | T | O | R | O | T | L | U |
| M | A | U | T | O | R | T | E | I | L | A | B |
| E | M | H | A | N | N | A | L | L | A | B | I |

KOPFSTOSS • BALLANNAHME • TORSCHUSS • BALLMITNAHME • BALLFÜHRUNG • ZUSPIEL • DRIBBELN • TÄUSCHEN

## 37 Kein gelungenes Anspiel

**Wie nennt man ein Anspiel, bei dem der Ball für die Mitspielerin nicht erreichbar ist, ins Aus geht oder zum Ballbesitz der gegnerischen Mannschaft führt? Schreibe für die Zahlen die entsprechenden Buchstaben aus dem Zahlenalphabet auf.**

| 6 | 5 | 8 | 12 | 16 | 1 | 19 | 19 |
|---|---|---|---|---|---|---|---|
| | | | | | | | |

# 38 Ballkontakte

**MIT MODERNER TECHNIK** kann man heute berechnen, wie viele Ballkontakte es in einem Spiel gab, wie viele Vorlagen gegeben, wie viele Flanken gespielt wurden und vieles mehr.

**Wie viele Ballkontakte ein Bundesligaspieler durchschnittlich in einem Spiel hat, siehst du, wenn du die Rechenaufgaben löst und die Lösungen mit den Zahlen auf den Bällen vergleichst. Nur ein Ergebnis steht auch auf einem Ball – das ist die Lösung.**

$5 \cdot 7 =$ ______

$11 + 10 + 11 + 10 + 11 =$ ______

$100 - 20 - 10 - 50 - 20 =$ ______

$7 + 6 + 1 =$ ______

$11 + 11 + 11 + 11 + 12 - 1 =$ ______

$5 \cdot 0 + 5 + 10 - 8 =$ ______

# 39 Langläufer

**Die Zahl ist kleiner als das Ergebnis von $3 \cdot 4$, aber größer als $2 \cdot 4$. Sie ist durch 2 und 5 teilbar.**

**LÖSUNG: Ein Fußballer legt etwa ________ Kilometer in einem Spiel zurück.**

# 40 Die richtige Schusstechnik!

Im folgenden Text gibt es sechs Buchstaben, die nicht hineingehören. Finde die Rechtschreibfehler und schreibe die Buchstaben der Reihe nach auf die Linien, dann weißt du, wie man die Annahme des Balls direkt aus der Luft nennt.

Wohin der Ball fliegt, hängt davon ab, welcher Teil des Fußes auf den Ball trifft. Den Vvollspann nimmt man vor allem, wenn man sehr kraftvoll und gerade auf das Toor schießen will. Willl man Flugbälle spiellen, benutzt man den Innenspann oder den Außenspann. Kurzpässe spielt man mit der Innenseitee des Fußesy.

LÖSUNG: ______________________________

# 41 Das kann nicht jeder!

Wie nennt man den Trick, bei dem der Ball mit der Ferse nach hinten geschossen wird?

- A ◯ Hacken…
- B ◯ Ballen…
- C ◯ Zehen…

LÖSUNG: | | | | | | | T | R | I | C | K |

# 42 Dribbelkünstler

**BEIM DRIBBELN** führt man den Ball im Lauf über den Platz – so lange, bis sich eine gute Gelegenheit zum Abspiel oder zum Torschuss ergibt. Der Ball bleibt eng am Fuß, sodass es für den Gegner möglichst schwierig ist, ihn abzujagen.

**Welchen Weg nimmt der Ball beim Dribbeln auf die andere Spielfeldseite? Schreibe die Buchstaben des richtigen Weges in die Kästchen, dann erfährst du, wie man einen Ball mit kurviger Flugbahn nennt.**

**LÖSUNG:**

## 43 Vorbereitung aufs nächste Spiel

**Nach dem Spiel ist vor dem Spiel! Was gehört zum Training und zur Vorbereitung auf Wettkämpfe dazu? Streiche die drei falschen Begriffe durch!**

- Teambesprechung
- Sprinten
- Shoppen
- Passspiel
- Kondition
- Torwarttraining
- Analyse des vorigen Spiels
- Viererkette
- Aufwärmen
- Schnelligkeit
- Grillen
- Kopfrechnen

## 44 Eine gute Kondition ist wichtig!

**Für den Fußballsport braucht man eine gute Kondition. Wie kann man die eigene Kondition stärken?**

- A ◯ Durch Ausdauertraining
- B ◯ Durch Einnahme von Medizin
- C ◯ Durch langes Liegen auf dem Sofa
- D ◯ Durch eine gesunde Ernährung
- E ◯ Durch viel Geld
- F ◯ Durch Ausgleichssport

## 45 Was heißt das genau?

Was bedeutet Defensive? Wähle den richtigen Begriff von der Tafel und kreuze ihn an!

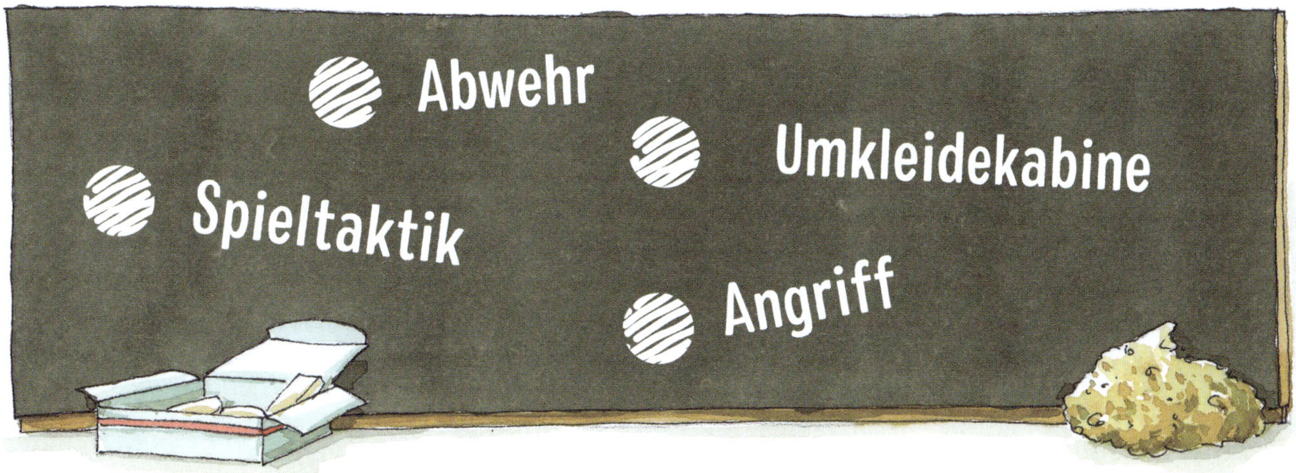


## 46 Eine Form der Verteidigung

Welche Silben sind zweimal vorhanden? Streiche sie durch. Übrig bleiben vier Silben.
Setze sie der Reihe nach zusammen. Sie verraten dir das Lösungswort.

NAB ER BOB BIE

RUT

PIP MAU WEHR

AB PIP

BOB NAB

BIE RUT

LÖSUNG: Eine ______________________ ist ein Mittel der Abwehr gegen Freistöße.

# 47 Wer spielt heute?

**DER TRAINER ODER DIE TRAINERIN** stellt das Team auf. Jeder Spieler übernimmt bestimmte Aufgaben. Es gibt Stürmer, Mittelfeldspieler, Abwehrspieler und einen Torwart.
Das Spielsystem erklärt sich durch die Anzahl der Spieler, die in der Abwehr, im Mittelfeld oder im Angriff tätig sind. Die Aufstellung des Teams richtet sich danach, ob man eher offensiv (angreifend) oder defensiv (verteidigend) spielen will.

**Hier siehst du das sogenannte 4 – 4 – 2-System, eine defensive Taktik. Es gibt aber auch andere Möglichkeiten, zum Beispiel 5 – 4 – 1 (defensiv), 4 – 3 – 3 (offensiv) oder 3 – 4 – 3 (offensiv). Zeichne im freien Feld eine Aufstellungsmöglichkeit ein.**

**S = Stürmer**

**M = Mittelfeldspieler**

**V = Verteidigung**

**T = Torwart**

**Zeichne auch die fehlenden Linien auf das Feld.**

# 48 Zu elft auf dem Platz

Jede Mannschaft geht mit **ELF SPIELERINNEN** auf das Fußballfeld, eine von ihnen steht im Tor. Während eines Bundesligaspiels kann die Trainerin bis zu fünf Spielerinnen auswechseln. Bekommt eine Spielerin die Rote Karte, muss sie den Platz verlassen, und das Team spielt zu zehnt weiter.

**Der Trainer hat die Mannschaft aufgestellt. Bringe die Buchstaben in die richtige Reihenfolge und schreibe die Positionen der Spielerinnen unten auf.**

A To ____________________

B Ab ____________________

C Mi ____________________

D Li ____________________

E Mi ____________________

F Re ____________________

G Mi ____________________

H Ab ____________________

I Au ____________________

# 49 Spielzüge beherrschen

**Alle Fußballerinnen und Fußballer müssen bestimmte Spielzüge beherrschen, um zu gewinnen. Was bedeuten die Spielzüge? Verbinde sie mit den richtigen Beschreibungen!**

| | |
|---|---|
| DOPPELPASS | 1 Ein Verteidiger bleibt dicht bei einem Angreifer und behindert ihn mit fairen Mitteln beim Spiel. |
| FLANKE | 2 Überquert der Ball durch Berührung eines Verteidigers die Torauslinie, schießt ein Gegenspieler den Ball von der nächsten Ecke aus ins Spielfeld. |
| MANNDECKUNG | 3 Wenn der Ball über die Seitenlinie vollständig ins Aus rollt, wirft die gegnerische Mannschaft den Ball wieder ins Feld. |
| GRÄTSCHEN | 4 Torschuss ohne Mauer nach einem Regelverstoß im Strafraum. Er wird von einem festgelegten Punkt 11 Meter vor dem gegnerischen Tor ausgeführt. |
| ECKSTOSS | 5 Der Ball wird von der Seite hoch und in einer Kurve in den gegnerischen Strafraum geschossen. |
| EINWURF | 6 Kann nach einem Foul gegeben werden. Der Ball wird direkt aufs Tor geschossen. |
| DIREKTER FREISTOSS | 7 Dem Gegner den Ball mit gestrecktem Bein abnehmen. Dabei riskiert man oft ein Foul. |
| ELFMETER | 8 Bei diesem Angriffsmanöver umspielt ein Spieler seinen Gegner, indem er den Ball einem Mitspieler zuspielt und sich in einer besseren Position den Ball von ihm zurückspielen lässt. |

# 50 Auf der Ersatzbank

**NICHT ALLE SPIELER** sind von Anfang an auf dem Spielfeld. Bei Verletzungen oder aus taktischen Gründen kann jede Mannschaft bei offiziellen Spielen bis zu fünf Spieler auswechseln.

**Wer wird hier ausgewechselt? Wenn du den richtigen Weg durchs Labyrinth findest, kennst du die Trikotnummer.**

**LÖSUNG:** ______________

# 51 Auch die Auswechslung braucht Regeln

**Welche drei Regeln gelten bei einer Auswechslung? Kreuze die richtigen Antworten an.**

- **A** ◯ Alle Auswechselspieler müssen vorher der Schiedsrichterin namentlich gemeldet sein.
- **B** ◯ Wenn ein Feldspieler auf Toilette muss, darf ein Spieler von der Bank ihn ersetzen.
- **C** ◯ Der Auswechselspieler muss das Spielfeld während einer Spielunterbrechung und an der Mittellinie betreten.
- **D** ◯ Der ausgewechselte Spieler darf nicht wieder eingewechselt werden.
- **E** ◯ Torhüter dürfen, wenn ihnen langweilig ist, für fünf Minuten pro Halbzeit durch einen Spieler von der Bank ersetzt werden.

# 52 Fairplay

Nur wer die Regeln kennt, kann **FAIR SPIELEN**. Und nur dann macht Fußball Spaß. Ohne Regeln wäre Fußball wild und ungerecht. Heute gehört sportliches und faires Verhalten zum Fußball dazu.

**Was pfeift der Schiedsrichter bei den folgenden Regelverstößen?**
**Trage die farbigen Buchstaben der Reihenfolge nach in die Kästchen ein.**

**Wenn ein Spieler außerhalb des Strafraums:**

- absichtlich mit der Hand spielt,
- einen Gegner tritt oder es versucht,
- einen Gegner anspuckt,
- einen Gegner schlägt oder versucht, ihn zu schlagen,
- einen Gegner heftig bedrängt,
- einen Gegner festhält,
- einen Gegner anrempelt,
- einen Gegner anspringt,
- seinem Gegner ein Bein stellt oder es versucht,
- einen Gegner stößt,

**kommt es zu einem** → ☐☐☐☐☐☐☐☐

☐☐☐☐☐☐☐☐

# 53 Regelverstöße

**Fünf Kinder verstoßen gegen die Regeln.**
**Kreise sie ein!**

# 54 Schiedsrichter haben immer recht!

**DIE ENTSCHEIDUNG DES SCHIEDSRICHTERS** auf dem Feld gilt immer – auch wenn sich später herausstellt, dass er sich geirrt hat. Eine umstrittene Entscheidung aus dem Jahr 1966 hat Geschichte gemacht:
Im Endspiel der Weltmeisterschaft spielten England und Deutschland gegeneinander. In der Verlängerung traf der englische Spieler Geoffrey Hurst das deutsche Tor an der Unterkante der Latte. Der Ball prallte auf den Rasen – ob er die Torlinie vollständig überschritt, ist strittig. Der Schiedsrichter ließ das Tor gelten. Einige Minuten später konnte die begeisterte englische Mannschaft ein weiteres Tor erzielen und wurde mit 4:2 Weltmeister.

**nderem von zwei Schiedsrichterassistenten unterstützt. Wie nannte man diese früher? Trage die Antworten ins Kreuzworträtsel ein und bilde aus der markierten Spalte das Lösungswort!**

1. In welchem Land wurden die ersten Fußballregeln niedergeschrieben?
2. Was begrenzt und unterteilt das Spielfeld?
3. Wie nennt man die begeisterten Anhänger eines Teams?
4. Wer übt mit dem Team das Fußballspielen?
5. Schreibe das englische Wort für Mannschaft.
6. Bei welchem Spielzug darf ein Feldspieler oder eine Feldspielerin den Ball in die Hand nehmen?
7. Wer steht im Tor?
8. Wie heißen die zwei Teile eines Fußballspiels?
9. Schreibe die Abkürzung für Fußballclub.
10. Wie heißt der größte Hamburger Fußballverein (Abkürzung)?
11. Wie nennt man Stulpen auch?
12. Wie viele Fußballer oder Fußballerinnen gehören zu einer Mannschaft bei einem Spiel?
13. Wie nennt man die farbigen Gegenstände, die eine Schiedsrichterin bei Regelverstößen ziehen kann?

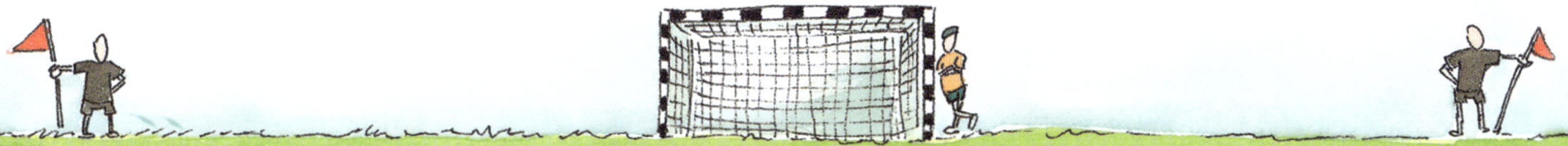

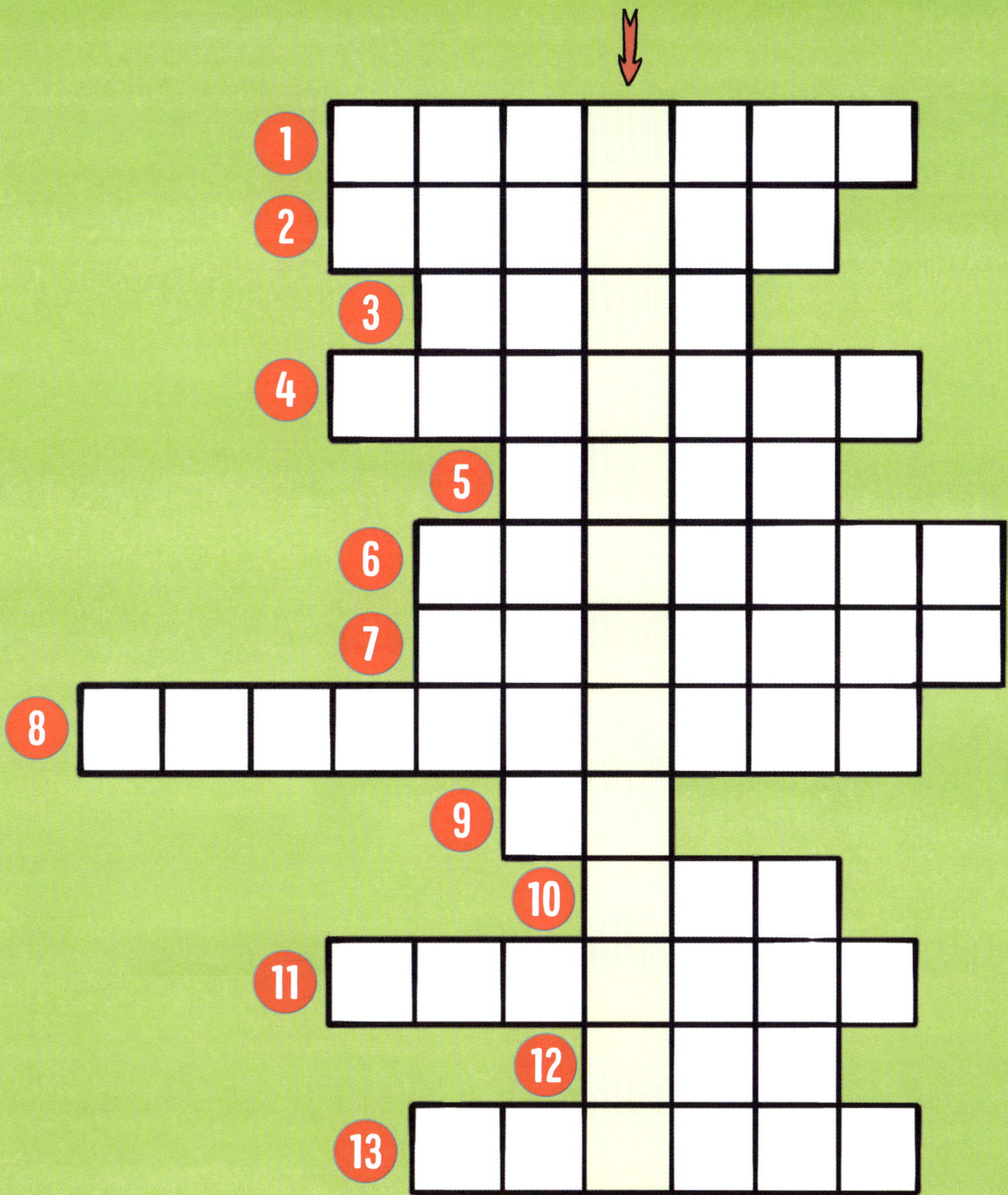
1
2
3
4
5
6
7
8
9
10
11
12
13

## 55 Verwarnung und Platzverweis

**BEI VERBOTENEM SPIEL** und unsportlichem Betragen einer Spielerin muss der Schiedsrichter eingreifen. Er kann auf Freistoß oder Elfmeter entscheiden. Zusätzlich verwarnt er die Spielerin oder verweist sie des Spielfelds.

**Zur Bestrafung werden bei einem Fußballspiel eine Gelbe und eine Rote Karte eingesetzt. Male die beiden Karten entsprechend der jeweiligen Bedeutung farbig aus.**

VERWARNUNG SPIELFELDVERWEIS

## 56 Achtung: Gelb-Rot!

**A Welche Bedeutung hat die Gelb-Rote Karte?**

1. ◯ Allerletzte Verwarnung! Beim nächsten Foul fliegst du vom Spielfeld!
2. ◯ Du hast eine zweite Gelbe Karte bekommen und musst jetzt das Feld verlassen.
3. ◯ Wenn du weiterhin so schlecht spielst, wirst du ausgetauscht!

**B Welche Folgen hat die Rote Karte für einen Profi-Fußballer?**

1. ◯ Er muss das eigene Team zum Essen einladen.
2. ◯ Er ist für den Rest der Saison gesperrt.
3. ◯ Er muss beim nächsten Spiel eine Zipfelmütze tragen.
4. ◯ Er wird mindestens für das nächste Spiel bestraft und kann auch eine Geldstrafe bekommen.
5. ◯ Er muss am nächsten Spieltag allein im Stadion die Vereinshymne singen.

# 57 Genaue Beobachter!

**Bei internationalen Wettbewerben ist die Anzahl der Schiedsrichterinnen vorgeschrieben. Schreibe den entsprechenden Buchstaben der jeweiligen Person an die richtige Position im Spielfeld.**

A Schiedsrichterin (Spielleiterin) B zwei Schiedsrichterassistentinnen C Vierte Offizielle

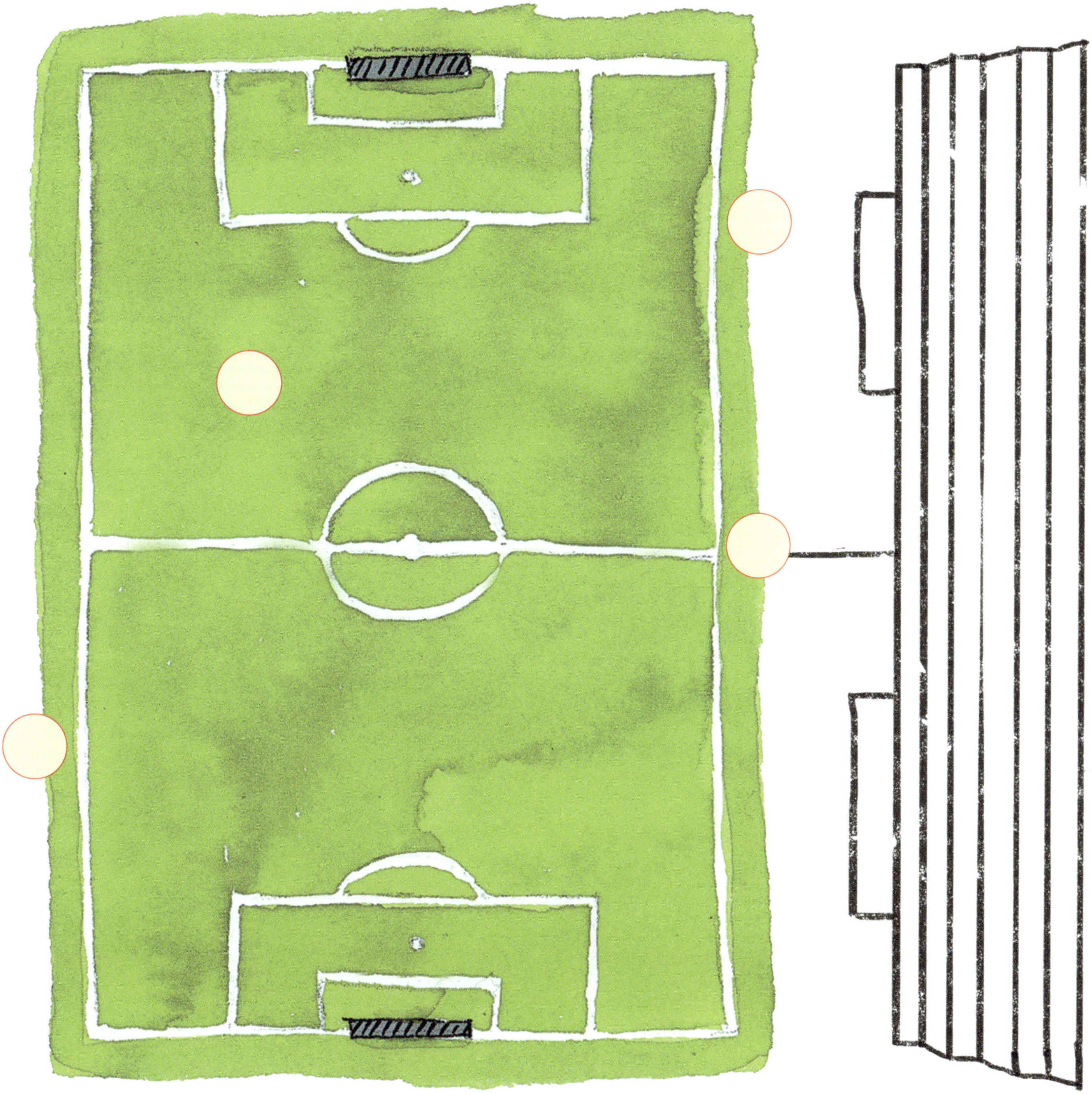

# 58 Das ist der Beweis!

Früher gab es noch zwei Torrichter, die bei strittigen Entscheidungen den Schiedsrichter unterstützen sollten. Diese wurden 2016 abgeschafft und in der 1. Bundesligasaison 2017/18 durch eine TECHNISCHE NEUERUNG ersetzt; in der 2. Bundesliga zwei Jahre später.

**Wie man diese technische Neuerung nennt, erfährst du, wenn du die Anfangsbuchstaben der Bilder in Pfeilrichtung aufschreibst.**

**LÖSUNG:**

## 59 Ohne Worte

Wenn du die passenden Puzzleteile findest, weißt du, was ein Schiedsrichter mit diesen Gesten ausdrückt. **Achtung:** Es gehören immer die kurzen Seiten zusammen.

## 60 Vom Spielfeldrand aus

Wenn eine Spielerin einer Mannschaft gegen ein anderes Teammitglied ausgetauscht werden soll, gibt ein Linienrichter das Zeichen, und das Spiel wird bei nächster Gelegenheit unterbrochen.

Wie nennt man diesen Tausch? Setze das Wort aus den Buchstaben zusammen.

LU HS AU NG EC SW

LÖSUNG: 

# 61 Abseits!

**DIE ABSEITSREGEL** ist wichtig, damit sich die Spieler nicht dauernd nur vor dem gegnerischen Tor aufhalten und auf eine Torchance warten. Zwischen dem angreifenden Spieler, dem der Ball zugespielt wird, und der gegnerischen Torlinie müssen mindestens zwei Abwehrspieler sein – sonst ist der angreifende Spieler im Abseits. Allerdings gilt das nicht immer – zum Beispiel nicht, wenn der Spieler den Ball beim Eckball, Einwurf oder Abstoß direkt bekommt oder die Spieler bei der Ballabgabe noch in der eigenen Spielfeldhälfte sind.

**Auf welchen beiden Spielfeldern siehst du eine Abseitssituation?**

1

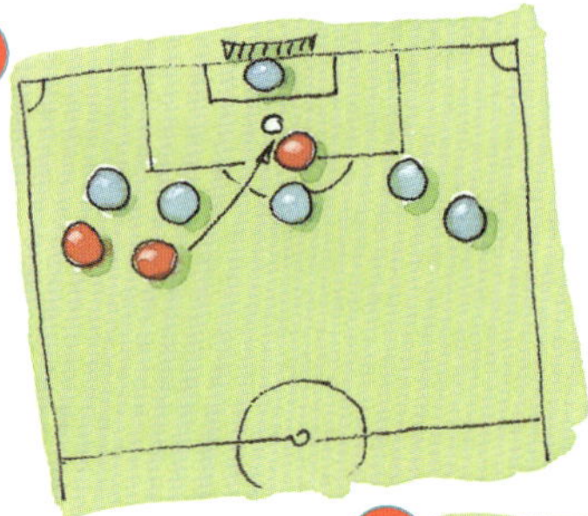

2

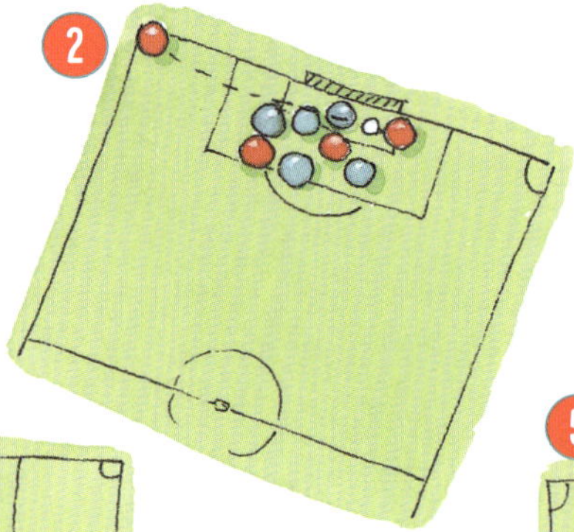

3

4

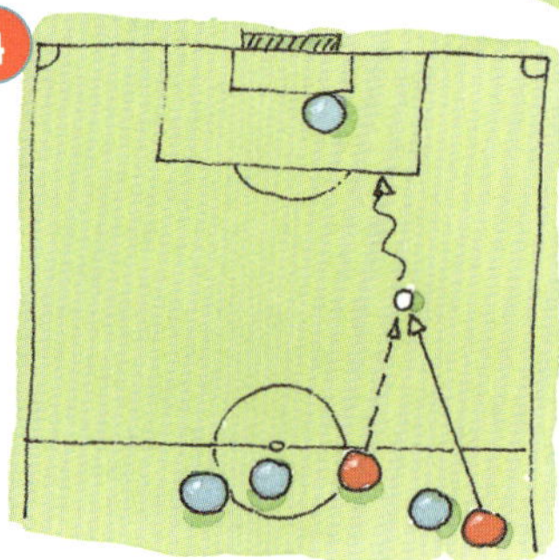

5

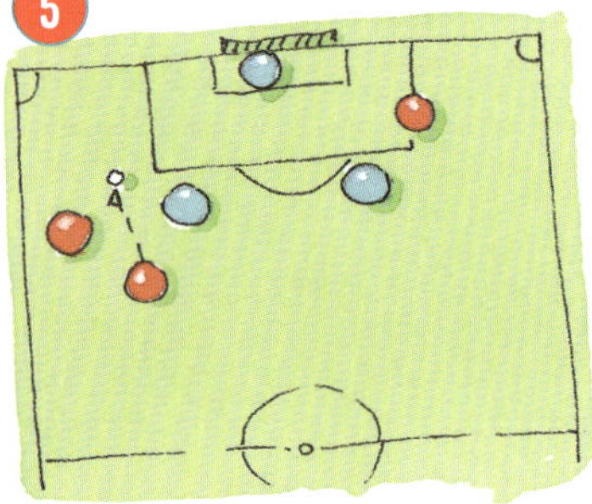

# 62 Risiko

**Manche Stürmer bewegen sich absichtlich nah an der Abseitsposition, um zu einem Torerfolg zu kommen. Dafür nehmen sie in Kauf, umsonst loszurennen und zurückgepfiffen zu werden.**

**Timo Werner war in der Saison 2019/2020 als Spieler des RB Leipzig nicht nur einer der besten Torjäger der Liga, er hatte auch die meisten abgepfiffenen Abseitspositionen der Saison. Rechne aus, wie viele es waren.**

$125 - 75 + 49 - 57 =$ ________

## 63 Abseitsfolgen

**In der Praxis lautet die wichtigste Regel: Abseits ist, wenn der Schiedsrichter oder der Videoassistent das feststellt!**

**Welche Entscheidung der Schiedsrichter dann trifft, erfährst du, wenn du den richtigen Weg durchs Labyrinth findest.**

# 64 Was ist passiert?

Zum ersten Mal kam eine **KUGELLOSE PFEIFE** aus Messing 1878 in einem Spiel des *Nottingham Forest Football Club* zum Einsatz. Später wurde sie durch die lautere Trillerpfeife ersetzt.

**Ein Spieler liegt auf dem Boden. Der Schiedsrichter pfeift und zieht eine Gelbe Karte aus der Tasche. Was ist passiert? Finde heraus, in welcher Position die vier Spieler spielen und was sie gemacht haben, bevor der Schiedsrichter abpfiff.**

**Die Positionen sind: Stürmer, Auswechselspieler, Mittelfeldspieler und Torwart.**

1. Jakob ist weder Stürmer noch Torwart.
2. Der Torwart hat in Richtung Spielfeld gebrüllt, als es passierte.
3. Jakob ist gerade übers Feld gedribbelt.
4. Lukas hat das Spiel beobachtet. Er war nicht auf dem Spielfeld.
5. Jemand, der im Sturm spielt, hat gerade einem anderen ein Bein gestellt.
6. Tessa hat schon viele Tore geschossen.
7. Leo ist Torwart.

| | Position | Verhalten |
|---|---|---|
| TESSA | | |
| LUKAS | | |
| JAKOB | | |
| LEO | | |

# 65 Wichtige Hilfsmittel

**Welche Hilfsmittel stehen dem Schiedsrichterteam beim Fußballspiel zur Verfügung, welche nicht? Schreibe die Namen der Gegenstände in die Kästchen. Kreuze die richtigen Dinge an! Die markierten Buchstaben bilden in der Reihenfolge einen englischen Begriff. Er bedeutet an die Regeln angepasstes, anständiges und gerechtes Verhalten beim Spiel.**

A
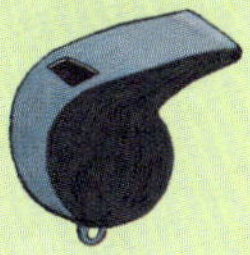

| | | | | | |
|---|---|---|---|---|---|
| | F | | | | |

B

| | | | | |
|---|---|---|---|---|
| | | N | | Y |

C

| | | | | | | | | | | | |
|---|---|---|---|---|---|---|---|---|---|---|---|
| R | | U | | H | Z | | I | | H | | |

D

| | | | | | | | | | | |
|---|---|---|---|---|---|---|---|---|---|---|
| N | O | T | | Z | K | | R | | E | |

E

| | | | | | |
|---|---|---|---|---|---|
| | | H | | | |

F

| | | | |
|---|---|---|---|
| L | | | E |

G

| | | | | | |
|---|---|---|---|---|---|
| K | | | T | | |

H

| | | | | | | | | | | | | |
|---|---|---|---|---|---|---|---|---|---|---|---|---|
| F | R | | I | | T | O | ß | | | R | | Y |

I

| | | | | | | | | | | | | |
|---|---|---|---|---|---|---|---|---|---|---|---|---|
| | | X | H | | | D | | | H | | | E |

**LÖSUNG:**

| | | | | | | | |
|---|---|---|---|---|---|---|---|
| | | | | | | | |

# 66 Rot oder Gelb? – Das ist hier die Frage

**Wann wird die Rote Karte gezeigt, wann die Gelbe? Male die Karten entsprechend an.**

1 Verlassen des Feldes ohne Zustimmung der Schiedsrichterin

2 Anspucken einer Person

3 Eine zweite Verwarnung im selben Spiel

4 Verzögern des Spiels

5 Begehen eines groben Foulspiels

6 Verhindern eines Tores oder einer Torchance durch absichtliches Handspiel

7 Unsportliches Verhalten

# 67 Hohe Verletzungsgefahr

Leider kommt es vor, dass sich Fußballspieler beim Training oder einem Spiel verletzen. Ist DIE SPORTVERLETZUNG schlimmer, dann fallen sie für längere Zeit aus. Besonders häufig verletzen sich Fußballer an den Beinen und am Kopf.

**Kannst du folgende Sportverletzungen auf den richtigen Linien eintragen?**

KREUZBANDRISS • GEHIRNERSCHÜTTERUNG • SPRUNGGELENKSVERLETZUNG • KIEFERBRUCH • MUSKELVERLETZUNG • SCHULTERVERLETZUNG

## 68 Pechvogel

Ein Fußballer der deutschen Nationalmannschaft hatte bei der WM 2014 besonders viel Pech. Im letzten Spiel vor der WM verletzte er sich am Fußgelenk so schwer, dass er nicht mit nach Brasilien konnte. Folge dem richtigen Weg der Sanitäter ins Krankenhaus, und du weißt, wie dieser Nationalspieler heißt!

LÖSUNG: ☐☐☐☐☐ ☐☐☐☐

## 69 Anfänge in der 1. Liga

In welchem Verein der 1. Bundesliga begann die Karriere des oben gesuchten Ausnahmespielers? Kreuze an.

- A ◯ Borussia Dortmund
- B ◯ Schalke 04
- C ◯ VfL Bochum
- D ◯ Borussia Mönchengladbach
- E ◯ 1. FC Köln

# 70 Leider kein Aprilscherz

**Wem gelang am 01.04.23 im Spiel Wolfsburg gegen Augsburg das Kunststück, zuerst ein Eigentor zu köpfen und dann einen Elfmeter zu verschießen?**

**Beantworte die Fragen. Die markierten Buchstaben ergeben in der Reihenfolge das Lösungswort:**

1. Anderes Wort für Mutter
2. Auto, das einen Gast gegen Bezahlung befördert
3. Gefäß mit Henkel zum Tragen von Flüssigkeiten und Gegenständen
4. Weiße Flüssigkeit, die von Kühen und anderen Nutztieren kommt
5. Kontinent, zu dem Länder wie Algerien, Sudan und Namibia gehören
6. Süße, gelbe und gebogene Frucht mit Schale
7. Nasser Niederschlag
8. Kurzwort für das englische Wort für Schwimmbecken
9. Hundeart mit lockigem Fell

**LÖSUNG:**

# 71 Das muss gut überlegt sein!

Bevor die Trainerin entscheidet, welche TAKTIK eine Mannschaft spielt, muss sie sich überlegen: Welches Teammitglied kann was besonders gut? Sind alle im Team schnell? Wie stark ist die gegnerische Mannschaft?

**Was bedeutet das aus dem Griechischen stammende Wort „Taktik"? Die Lösung ist im Buchstabengitter versteckt.**

„11 Freunde sollt ihr sein!", sagte der berühmte Trainer Sepp Herberger zu seinen Spielern. Eine Mannschaft, die sich gut versteht, spielt besser, und es macht mehr Spaß.

Tipp: Beginne mit dem ersten Buchstaben unten rechts, lies jeden zweiten Buchstaben und folge der Pfeilrichtung.

| | | | | | | | | |
|---|---|---|---|---|---|---|---|---|
| G | D | N | I | U | E | N | S | D |
| E | A | L | N | U | O | H | R | C |
| R | D | E | E | D | R | N | N | O |
| B | H | N | R | E | E | S | V | A |
| E | A | L | R | E | E | I | N | D |

**LÖSUNG:**

D I _   _ _ _ _ _   _ _ _   _ _ _

_ _ _ _ _ _ _ _ _

# 72 So geht das aber nicht!

**A** Auf dem Bild siehst du zwei Mannschaften beim Spiel. Bei Mannschaft Lila-Gelb herrscht große Unordnung. Welche sechs Dinge muss der Trainer mit dieser Mannschaft unbedingt besprechen? Kreise die Situationen ein!

**B** Wie viele Spieler jeder Mannschaft siehst du auf dem Bild?

Mannschaft „Lila-Gelb“ = ____________

Mannschaft „Blau-Weiß“ = ____________

# 73 In der Verantwortung des Trainers

**DER TRAINER** ist für das Team verantwortlich. Er kennt die Persönlichkeiten und Fähigkeiten seiner Spieler und kann die gegnerische Mannschaft gut einschätzen. Er stellt die Mannschaft auf, motiviert das Team und schlichtet Streit. An den Siegen oder Misserfolgen der Mannschaft wird auch die Leistung des Trainers gemessen.

**Vor dem Spiel bespricht der Trainer mit der Mannschaft die Spieltaktik. Im unteren Bild haben sich acht Unterschiede eingeschlichen. Kreise sie ein!**

# 74 An die kann man sich erinnern

**In diesem Buchstabengitter verstecken sich waagerecht und senkrecht 18 Namen von ehemaligen oder noch aktiven deutschen Trainern*innen von Bundesligisten, der deutschen Nationalmannschaften und internationalen Vereinen. Kannst du sie finden?**

BECKENBAUER • DERWALL • FLICK • HERBERGER • HEYNCKES • HITZFELD • JONES • KLINSMANN • KLOPP • LATTEK • LÖW • NEID • REHHAGEL • RIBBECK • SCHÖN • VOGTS • VÖLLER • WEISWEILER

| | | | | | | | | | | | | | | |
|---|---|---|---|---|---|---|---|---|---|---|---|---|---|---|
| K | Q | W | B | E | C | K | E | N | B | A | U | E | R | E |
| L | Ö | W | O | P | Ü | L | A | T | T | E | K | Ä | E | R |
| O | L | K | J | H | G | I | F | D | D | S | A | Y | H | T |
| P | X | C | H | E | Y | N | C | K | E | S | V | B | H | Z |
| P | N | M | E | Ö | P | S | O | I | R | U | Z | T | A | U |
| R | W | H | R | M | L | M | Q | W | W | E | R | T | G | I |
| E | E | Z | B | N | K | A | Z | U | A | J | O | N | E | S |
| W | I | J | E | B | J | N | V | I | L | O | P | Ü | L | C |
| Q | S | N | R | V | H | N | Ö | Ä | L | F | D | V | U | H |
| A | W | M | G | C | G | F | L | L | M | Z | N | B | C | Ö |
| S | E | Ü | E | X | V | B | L | J | N | E | I | D | D | N |
| D | I | J | R | D | O | F | E | M | A | S | D | G | I | R |
| F | L | I | C | K | G | R | R | I | B | B | E | C | K | L |
| F | E | K | E | H | T | T | Ö | Z | O | N | T | J | W | X |
| G | R | R | T | T | S | S | H | I | T | Z | F | E | L | D |

# 75 Trainer*innen der deutschen Nationalmannschaften

**FUSSBALLTRAINERINNEN UND -TRAINER** waren in ihrer aktiven Zeit oft selbst in einer Profiliga. Aber für diesen Job braucht man mehr als Ballgefühl und Spielerfahrung. Man muss die Mannschaft aufstellen, sich die Spieltaktik überlegen und den Mannschaftskapitän oder die -kapitänin nominieren. Deshalb ist eine Ausbildung an der Fußballschule des DFB nötig.

**1 Acht Personen waren schon mal Trainer*in oder Teamchef*in einer deutschen Nationalmannschaft. Kreuze diese an.**

- ◯ Berti Vogts
- ◯ Birgit Prinz
- ◯ Franz Beckenbauer
- ◯ Joshua Kimmich
- ◯ Jürgen Klinsmann
- ◯ Jürgen Klopp
- ◯ Manuel Neuer
- ◯ Martina Voss-Tecklenburg
- ◯ Michael Ballack
- ◯ Miroslav Klose
- ◯ Oliver Kahn
- ◯ Philipp Lahm
- ◯ Rudi Völler
- ◯ Sepp Herberger
- ◯ Steffi Jones
- ◯ Silvia Neid
- ◯ Timo Werner

**2 Schreibe für die Zahlen die entsprechenden Buchstaben aus dem Buchstabenalphabet auf, und du erfährst Namen wichtiger deutscher Bundestrainer.**

**A Wie hieß der erste Trainer der deutschen Nationalmannschaft ab 1926?**

| 15 | 20 | 20 | 15 | | 14 | 5 | 18 | 26 |
|---|---|---|---|---|---|---|---|---|
| | | | | | | | | |

**B Wer ist der deutsche Rekordtrainer, der in 198 Spielen 124 Siege seiner Mannschaft anleitete?**

| 10 | 15 | 1 | 3 | 8 | 9 | 13 | | 12 | 28 | 23 |
|---|---|---|---|---|---|---|---|---|---|---|
| | | | | | | | | | | |

**C Wie heißt der Nachfolger des in Aufgabe B gesuchten Trainers?**

| 8 | 1 | 14 | 19 | 9 | | 6 | 12 | 9 | 3 | 11 |
|---|---|---|---|---|---|---|---|---|---|---|
| | | | | | | | | | | |

# 76 Angriff ist die beste Verteidigung!

**A** Wie nennt man eine Spieltaktik, bei der vor allem auf Angriff gesetzt wird und weniger auf die Abwehr? Bilde das Lösungswort mit den Anfangsbuchstaben der Bilder in Pfeilrichtung.

LÖSUNG:

**B** Und wie nennt man das Gegenteil dieser Spieltaktik, bei der die Abwehr im Vordergrund steht?

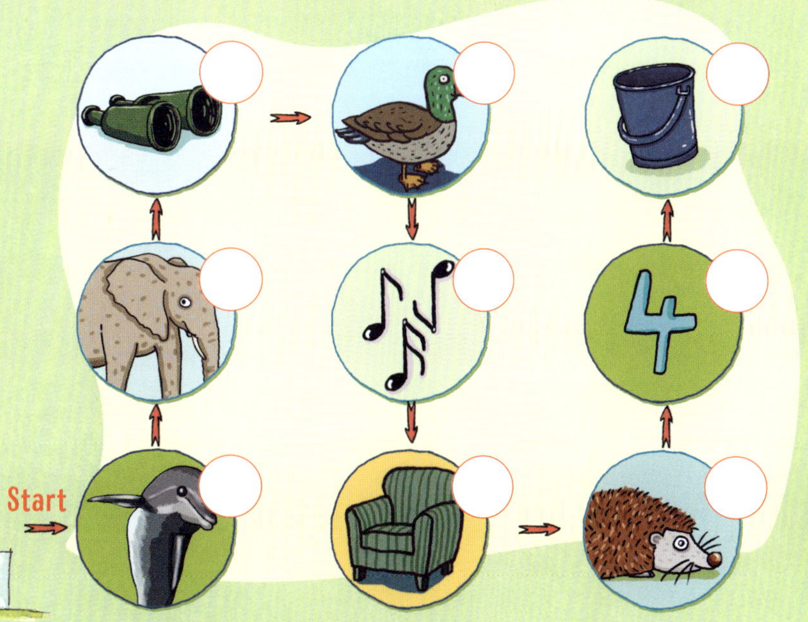


LÖSUNG:

# 77 Deine Traummannschaft

Stelle die deutsche Nationalmannschaft mit deinen Lieblingsspielerinnen und/oder -spielern auf.

# 78 Die Weltklasse-Mannschaft

**Bilde deine Traummannschaft aus Spielerinnen und/oder Spielern der ganzen Welt.**

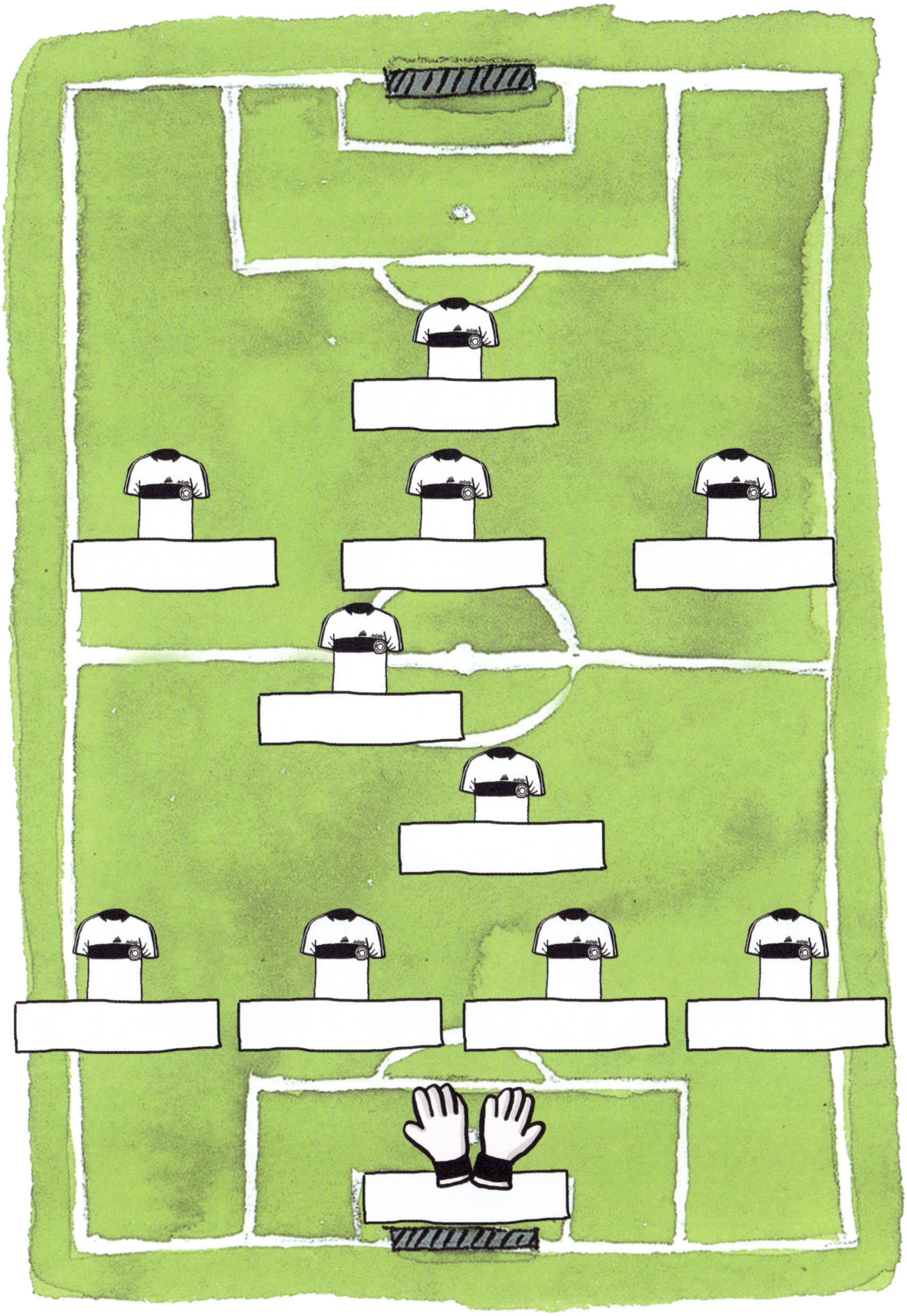

# 79 Der Beginn des Frauenfußballs in Deutschland

Obwohl auch FRAUEN schon immer gern Fußball spielten, war dies lange Zeit sogar verboten. Es galt als unweiblich und daher ungeeignet für die Damen – fanden die meisten Männer. Obwohl Mädchen- und Frauenfußball immer beliebter wird, gibt es in Deutschland noch immer kaum Profifußballerinnen, die von diesem Beruf leben können.

Erst viele Jahre nach dem Sieg der Weltmeisterschaft 1954 erlaubte der DFB, dass Frauen auf dem Gelände deutscher Vereine trainieren und spielen durften. In welchem Jahr war das? Suche die Schuhe zu den passenden Schnürsenkeln in den Händen der Spielerinnen und schreibe die Zahlen in der Reihenfolge auf!

LÖSUNG:

# 80 Es werden immer mehr!

Auch der Frauenfußball ist im DFB organisiert. Dort sind über 9.000 Frauen-Mannschaften vertreten. Mehr als eine Millionen Mädchen und Frauen sind als Fußballerinnen registriert. Rechne aus, wie viele Mannschaften in der 1. und der 2. Bundesliga spielen.

1. Bundesliga: (71 – 68) · (52 – 48) = ________

2. Bundesliga: (7 · 7) – (5 · 7) = ________

## 81 Die Fußballweltmeisterschaft der Frauen

**Seit wann werden Fußballweltmeisterschaften für Frauen ausgetragen?**
**Und wann gewann die deutsche Frauennationalmannschaft zum ersten Mal diesen Wettbewerb?**
**Schreibe die richtigen Ziffern in die Fußbälle.**

## 82 Es werden immer mehr!

**Die deutsche Frauenfußballnationalmannschaft ist eine der erfolgreichsten der Welt.**
**Welche Aussage ist wahr? Kreuze sie an.**

- A ◯ Die deutschen Nationalspielerinnen wurden 2007 Weltmeisterinnen.
- B ◯ Ab 2023 spielen Männer und Frauen zusammen in einem Team bei internationalen Wettbewerben.
- C ◯ Bis 2022 gewann das Frauenteam achtmal eine Europameisterschaft.
- D ◯ Fußballerinnen der Nationalmannschaft dürfen nur kurze Haare und auch in der Freizeit nur Hosen tragen.
- E ◯ Sie dürfen nur von Frauen trainiert werden.

# 83 Die besten Fußballerinnen der Welt

**Finde die Namen von erfolgreichen Fußballerinnen heraus. Setze für die Zahlen die entsprechenden Buchstaben aus dem Zahlenalphabet ein.**

**A Wer wurde 2023 zur Weltfußballerin gewählt?**

1 12 5 24 9 1    16 21 20 5 12 12 1 19

**B Wer gewann 2022 den Titel „Fußballerin des Jahres" in Deutschland?**

12 5 1    19 3 8 29 12 12 5 18

**C Wer gewann diesen Titel von 2001 bis 2008 achtmal in Folge?**

2 9 18 7 9 20    16 18 9 14 26

**D Welche Chilenin ist eine der besten Torhüterinnen der Welt, die mehrmals die Auszeichnung „Welttorhüterin des Jahres" verliehen bekommen hat?**

3 8 18 9 19 20 9 1 14 5    5 14 4 12 5 18

# 84 Eine Frau mit Pfiff!

**Gesucht wird der Name einer ehemaligen deutschen FIFA-Schiedsrichterin, die Geschichte schrieb. Sie war die erste Frau, die im deutschen Männerprofifußball Spiele pfiff. Außerdem war sie die erste Schiedsrichterin, die sowohl das Finale einer Frauen-WM als auch das eines Frauen-Olympia-Turniers leitete.**

**Bilde aus den Anfangsbuchstaben der Bilder in Pfeilrichtung ihren Namen.**

**LÖSUNG:** _ _ _ _ _ _ _   _ _ _ _ _ _ _ _ _

# 85 Die Ligen im DFB

In Deutschland gibt es mehr als **100.000 MÄNNER-MANNSCHAFTEN** und über **9.000 FRAUEN-MANNSCHAFTEN**. Sie spielen in verschiedenen Ligen, die unterste Liga ist die Kreisklasse, ganz oben ist die Bundesliga.

**Die Organisation der deutschen Männer-Fußballvereine sieht aus wie eine Pyramide. Ganz oben stehen die zwei Bundesligen – wie geht es weiter? Trage in die Pyramide ein.**

1. Die Bundesliga ist ganz oben, darunter die 3. Liga.
2. Die Kreisklasse ist ganz unten.
3. Die Regionalliga ist unter der 3. Liga und über der Oberliga.
4. Die Verbandsliga ist unter der Oberliga.
5. Die Verbandsliga ist über der Landesliga.
6. Die Kreisliga ist über der Kreisklasse.
7. Die Bezirksliga ist über der Kreisliga.

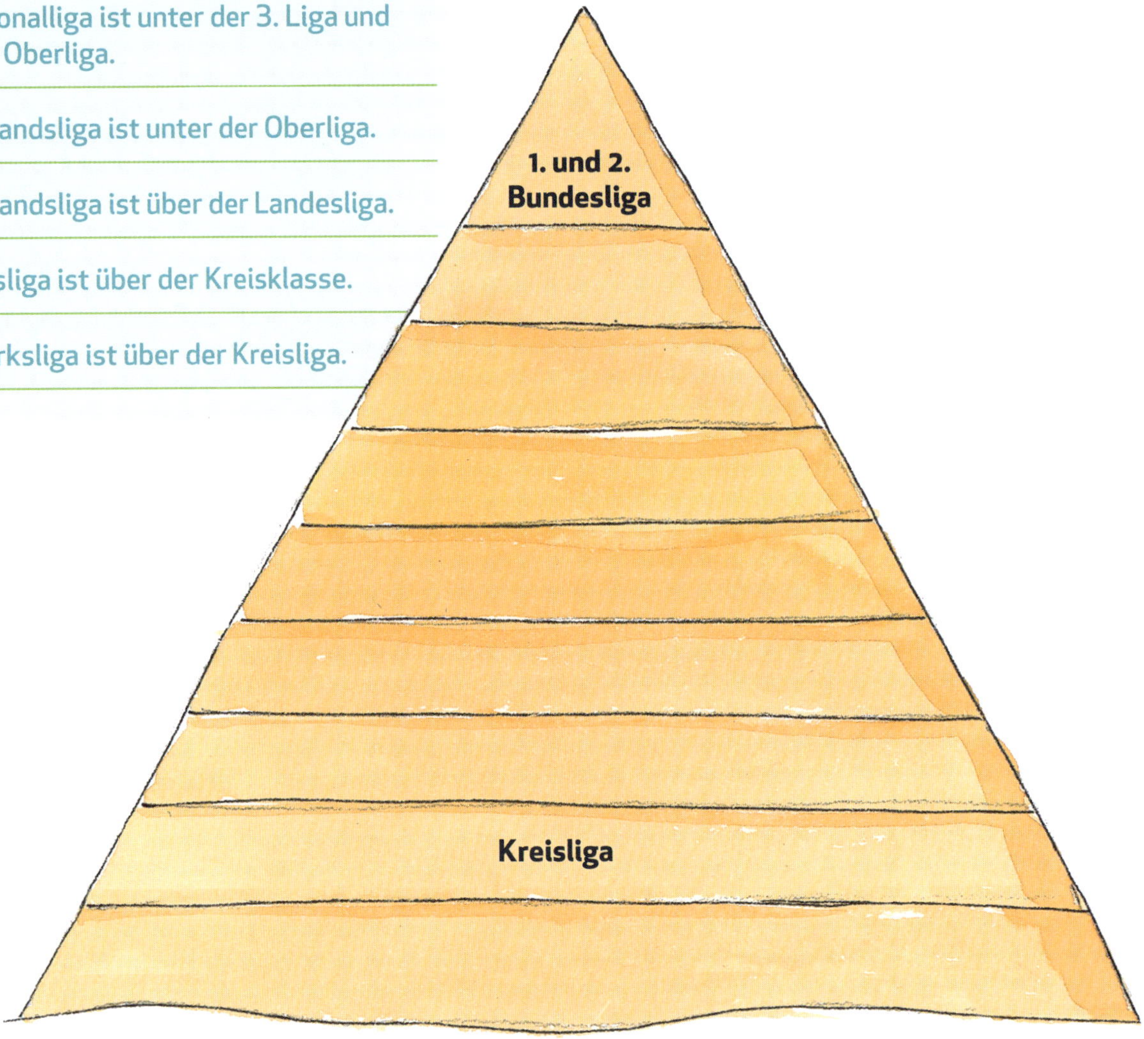

# 86 Wissenswertes aus den Ligen

**A Was sind Relegationsspiele?**

1 ◯ Mannschaften verschiedener Ligen (die beiden besten der unteren Liga gegen die beiden schlechtesten der oberen Liga) spielen gegeneinander. Es geht darum, ob die Teams aufsteigen, absteigen oder in der Liga bleiben.

2 ◯ So werden Auswärtsspiele genannt.

3 ◯ Das sind Freundschaftsspiele in der Sommerpause.

**B Ordne Meisterschalen und Pokal der 1., 2. und 3. Bundesliga zu!**

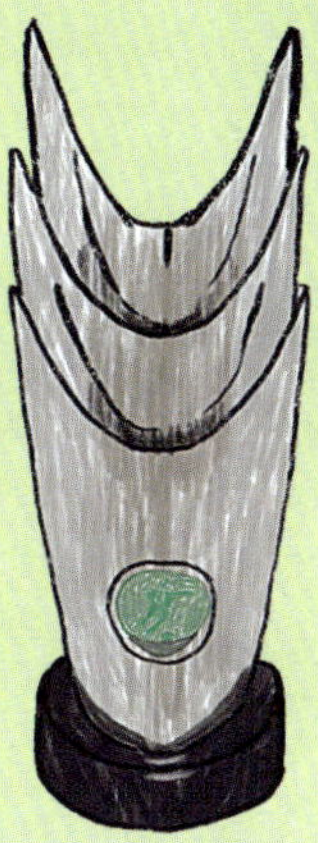

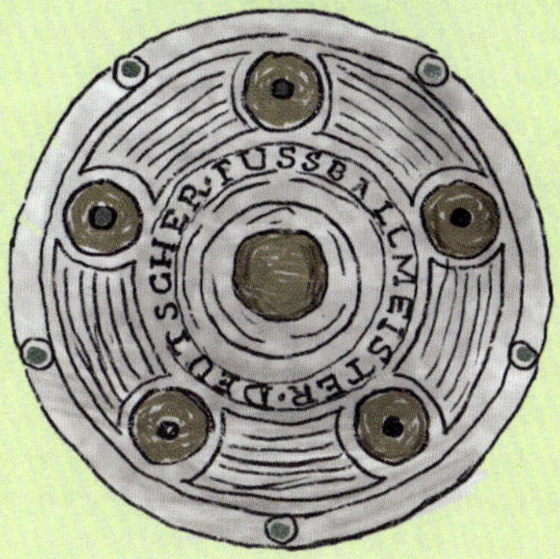


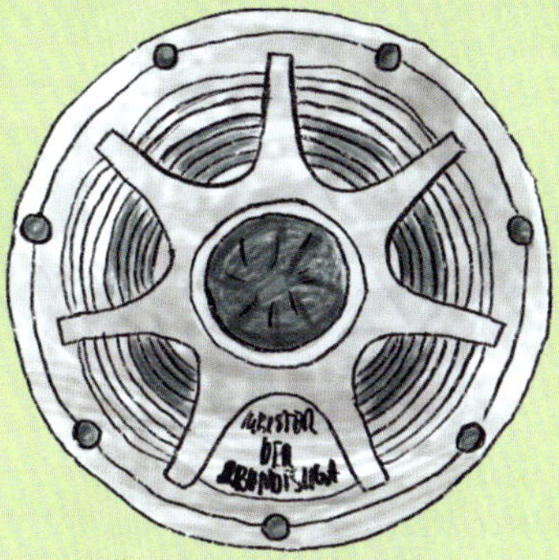

1 ____________ 2 ____________ 3 ____________

**C Was ist ein Derby?**

1 ◯ Der Wirt gibt nach dem Sieg seinem Lieblingsteam eine Runde freie Getränke aus.

2 ◯ Eine wertvolle Medaille für den Rekordtorschützen der Saison.

3 ◯ Die Austragung eines Spiels zwischen zwei meist rivalisierenden Vereinen einer Region.

# 87 Heimatkunde

**Wie gut kennst du dich in Deutschland aus? Welche aktuellen und ehemaligen Bundesligavereine stammen aus welchen Bundesländern? Kreuze die richtige Spalte an!**

| | Baden-Württemberg | Bayern | Berlin | Hamburg | Hessen | Niedersachsen | Nordrhein-Westfalen | Rheinland-Pfalz | Sachsen |
|---|---|---|---|---|---|---|---|---|---|
| 1. FC Kaiserslautern | | | | | | | | | |
| 1. FC Köln | | | | | | | | | |
| 1. FC Nürnberg | | | | | | | | | |
| 1. FSV Mainz 05 | | | | | | | | | |
| Bayern München | | | | | | | | | |
| Borussia Dortmund | | | | | | | | | |
| Dynamo Dresden | | | | | | | | | |
| Eintracht Frankfurt | | | | | | | | | |
| FC Augsburg | | | | | | | | | |
| FC St. Pauli | | | | | | | | | |
| Kickers Offenbach | | | | | | | | | |
| Hamburger SV | | | | | | | | | |
| Hannover 96 | | | | | | | | | |
| Hertha BSC | | | | | | | | | |
| Karlsruher SC | | | | | | | | | |
| SC Freiburg | | | | | | | | | |
| Schalke 04 | | | | | | | | | |
| RB Leipzig | | | | | | | | | |

# 88 Ein bitterer Abstieg nach langer Zeit

Aus welcher Stadt kommt der Fußballverein, der 54 Jahre bis zu seinem Abstieg 2018 ununterbrochen in der ersten Liga spielte? Beantworte die Fragen und setze die Stadt aus den gesuchten Buchstaben zusammen.

1. Wofür steht die Abkürzung DFB?
2. Austragungsort von Ligaspielen
3. Welcher Verein spielt im Weserstadion?
4. Aus welcher Stadt kommt Hertha BSC?
5. Welcher Vereinsname erinnert dich an einen lauten Kaiser?
6. Wie hieß das Maskottchen der WM 2006 in Deutschland?

D ☐ ☐ ☐ ☐ ☐ ☐(1) ☐ ☐ ☐ U S ☐ ☐ ☐ L ☐ - B ☐ ☐ ☐

☐ ☐ ☐(2) ☐ I O ☐

W ☐ ☐ ☐ ☐ ☐ ☐ R E ☐(3) ☐ ☐

☐(4) E ☐ ☐ ☐ ☐

1. F C ☐ A I ☐ ☐ ☐ ☐ L ☐ ☐(5) ☐ ☐ ☐(6) ☐

☐(7) O L E O

1 2 3 4 5 6 7

LÖSUNG: ☐ ☐ ☐ ☐ ☐ ☐ ☐

# 89 Rekorde der deutschen Nationalmannschaften

**Finde Rekorde (Stand März 2023) der deutschen Männer- und Frauen-Nationalmannschaft heraus, indem du für die Zahlen die entsprechenden Buchstaben aus dem Zahlenalphabet aufschreibst, die richtige Auswahl triffst oder die Aufgaben rechnest.**

**A Welcher Fußballer war 150-mal im Einsatz für die deutsche Nationalmannschaft und ist damit Rekordspieler?**

12 15 20 8 1 18    13 1 20 20 8 27 21 19

**B Welche Frau ist mit 214 Einsätzen in der Nationalmannschaft und 128 Toren Rekordspielerin?**

2 9 18 7 9 20    16 18 9 14 26

**C Die deutschen Männer haben 4-mal die WM gewonnen. In welchen Jahren war das? Kreise die richtigen Jahreszahlen ein.**

1950 | 1954 | 1974 | 1978 | 1982 | 1990 | 2000 | 2014 | 2018 | 2022

**D Die deutschen Frauen wurden 8-mal Europameisterinnen. Wie oft gewannen sie die Weltmeisterschaft?**

$(10 \cdot 10) - (10 \cdot 5) - (6 \cdot 4) - (3 \cdot 4) - (2 \cdot 6) =$ ______

**E Wer hat die meisten Tore für die Männer-Nationalelf geschossen?**

13 9 18 15 19 12 1 22    11 12 15 19 5

**F Gegen welches Land schaffte die deutsche Nationalmannschaft 1912 mit 16:0 ihren höchsten Sieg aller Zeiten?**

18 21 19 19 12 1 14 4

# 90 Zu Hause spielen

Jeder große Fußballverein hat ein Stadion, in dem seine Heimspiele stattfinden. Verbinde immer einen Verein mit dem Stadion-Namen.

# 91 Aus aller Welt

Der Erfolg der Bundesligavereine ist auch vielen Spielerinnen und Spielern zu verdanken, die aus **ANDEREN LÄNDERN** kommen. Fremdenfeindlichkeit hat weder auf dem Spielfeld noch auf der Tribüne etwas zu suchen!

**Weißt du, wo die Herkunftsländer dieser zehn Bundesliga-Fußballer und -Fußballerinnen liegen? Dann schreibe die entsprechenden Zahlen in die Kreise.**

| | | | |
|---|---|---|---|
| 1 Christopher Nkunku | (Frankreich) | 6 Patrik Schick | (Tschechien) |
| 2 Daichi Kamada | (Japan) | 7 Péter Gulácsi | (Ungarn) |
| 3 Emil Forsberg | (Schweden) | 8 Sadio Mané | (Senegal) |
| 4 Genessee Daughetee | (USA) | 9 Sveindís Jane Jónsdóttir | (Island) |
| 5 Jude Bellingham | (England) | 10 Tainara de Souza da Silva | (Brasilien) |

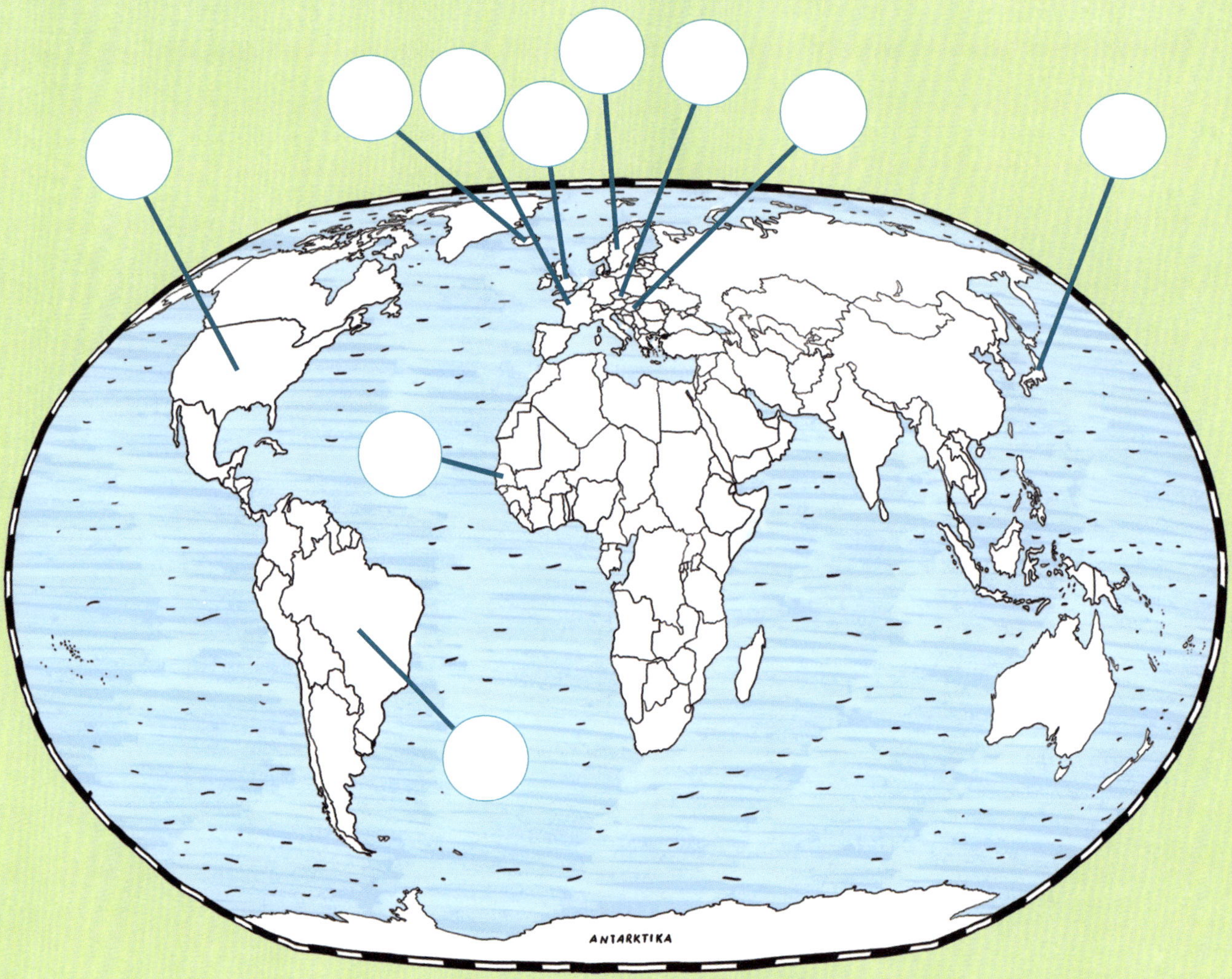

# 92 Große Vereinswettbewerbe

**AN DREI GROSSEN WETTBEWERBEN** können deutsche Vereinsmannschaften teilnehmen. Der DFL-Supercup ermittelt den Sieger zwischen dem Deutschen Meister und dem DFB-Pokalsieger. An der UEFA Champions League nehmen die Meister und Bestplatzierten aller europäischen Ligen teil. In der UEFA Europa League spielen alle Pokalsieger sowie bis zu drei Mannschaften, die in der Tabelle ihrer Liga die Plätze direkt hinter den Teams belegen, die zur Teilnahme an der UEFA Champions League berechtigt sind.

1. Verbinde mit einem Strich immer einen Wettbewerb mit seinem Rekordsieger.
2. Rate, welchen Pokal man dabei gewinnt (Stand 2023).

1 UEFA Champions League

2 DFL-Supercup

3 UEFA Europa League

FC Sevilla (7 Siege)

Real Madrid (14 Siege)

Bayern München (10 Siege)

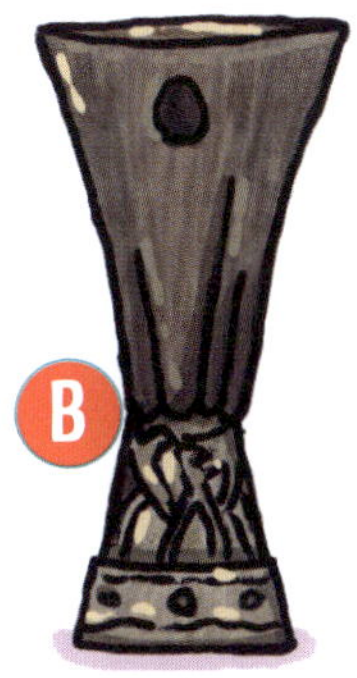

# 93 Dort trifft sich die ganze Welt

Außer für die Welt- oder Europameisterschaft können sich die U23-Fußball-Nationalmannschaften eines Landes für einen weiteren Wettbewerb qualifizieren, der alle vier Jahre im Sommer ausgetragen wird. Setze das Lösungswort aus den markierten Buchstaben zusammen.

LÖSUNG:

| 1 | 2 | 3 | 4 | 5 | 6 | 7 | 8 | 9 | 10 |
|---|---|---|---|---|---|---|---|---|---|
| | | | | | | | | | |

| 11 | 12 | 13 | 14 | 15 | 16 |
|---|---|---|---|---|---|
| | | | | | |

1 die Fasern vom Fell eines Schafes

| | | | | |
|---|---|---|---|---|
| | 1 | | 2 | E |

2 ein bäriges Kuscheltier

| | | | | |
|---|---|---|---|---|
| | | | D | 3 |

3 der kleine Bruder vom Motorrad mit wenig PS

| | | | | |
|---|---|---|---|---|
| 4 | O | 5 | | |

4 ein lästiges Insekt

| | | | | | |
|---|---|---|---|---|---|
| | L | 6 | | | |

5 Sammelwort für Gegenstände, die man zum Auftragen und Essen von Speisen benötigt

| | | | | | | | |
|---|---|---|---|---|---|---|---|
| | | 7 | 8 | 9 | | R | |

6 weiß-graue Vögel, die meist an Küsten leben

| | | | | |
|---|---|---|---|---|
| | Ö | | 10 | |

7 grünes Blattgemüse, das oft nicht sehr beliebt ist

| | | | | | |
|---|---|---|---|---|---|
| 11 | 12 | | | | |

8 Nachricht, die in einem Umschlag mit der Post verschickt wird

| | | | | |
|---|---|---|---|---|
| | | 13 | 14 | |

9 glibbriges Meerestier

| | | | | | |
|---|---|---|---|---|---|
| | U | | 15 | | |

10 Raum in einer Wohnung

| | | | | | |
|---|---|---|---|---|---|
| | | | | 16 | |

## 94 Doppelgänger

Welche dieser Fußballer sind genau gleich?

## 95 Fußballhymne

Viele Fußballfans singen gern. Wie geht das Lied der deutschen Fußballnationalmannschaft zur WM 1974 weiter?

**„Fußball ist unser Leben, denn …**

- A ◯ … im Stadion bin ich der Held."
- B ◯ … König Fußball regiert die Welt."
- C ◯ … nach dem Spiel bekommen wir Geld."

# 96 Da fehlt was!

Bei jedem Namen eines Bundesliga-Vereins fehlt etwas. Schreibe den kompletten Namen auf.

A FC _ _ _ _ _ _ München

B FC St. _ _ _ _ _

C 1. FC _ _ _ _ _ Berlin

D _ _ _ _ _ 04 Leverkusen

E _ _ _ _ _ _ _ _ _ Frankfurt

F Werder _ _ _ _ _ _

G FC _ _ _ _ _ _ _ 04

H _ _ _ _ _ _ _ _ Dortmund

I _ _ _ Wolfsburg

J Hannover _ _

K _ _ _ Stuttgart

L TSG 1899 _ _ _ _ _ _ _ _ _ _

M _ _ Leipzig

N _ _ Freiburg

## 97 Europäische Spitzenvereine

In jedem Land gibt es berühmte Fußballclubs, die in ihrer Heimat, aber auch bei internationalen Pokalwettbewerben viel Erfolg haben. Oft sind die Clubs auch in anderen Ländern sehr beliebt. Viele von ihnen haben eine Menge Geld zur Verfügung. Damit können sie die besten Spieler einkaufen und sich um die Förderung der jungen Spieler kümmern.

**Hier stehen 10 berühmte europäische Fußballclubs. Verbinde die beiden richtigen Teile des Vereinsnamens mit einem Strich. Fertig ist der Vereinsname!**

Tipp: Schau dir die Farben der Kästen gut an.

Juventus
Moskau
Turin
Amsterdam
Lissabon
Celtic
Manchester
ZSKA
Aston
Rapid
Bukarest
Ajax
Olympique
Marseille
Wien
Glasgow
Benfica
Steaua
United
Villa

## 98 Länderkunde

**Kreise die Länder ein, aus denen KEINER der oben genannten Clubs kommt.**

Niederlande
Dänemark
Ungarn
Österreich
Frankreich
Portugal
Rumänien
Polen
Italien
Russland
England
Spanien

# 99 Im Stadion verboten!

**Was darf ein Fußballfan NICHT mit ins Stadion nehmen? Streiche diese Gegenstände durch.**

# 100 Größter Fan

**Von welchem Fußballverein bist du ein Fan?** ______________________________

**Welche Fanartikel besitzt du von deinem Lieblingsclub?**

______________________________________________

______________________________________________

# 101 Fan-Shirt

Male das Trikot deiner Lieblingsmannschaft!

# 102 Die Glücksbringer der Vereine

Fast jeder Fußballverein hat ein Maskottchen, das Mannschaft und Fans Glück bringen soll. Meist trägt es die Vereinsfarben, hat etwas mit der Stadt zu tun, und man kann es in Klein als Fanartikel kaufen. Schreibe unter jedes Maskottchen den richtigen Vereinsnamen.

**FC BAYERN MÜNCHEN • BORUSSIA DORTMUND • HAMBURGER SV • HERTHA BSC • TSG 1899 HOFFENHEIM • 1. FC KAISERSLAUTERN • 1. FC KÖLN • VFB STUTTGART • VFL WOLFSBURG**

1

Bär Herthinho

2

Bär Bernie

3

Dino Hermann

4

Roter Teufel Betzi

5

Elch Hoffi

6

Krokodil Fritzle

7

Wolf Wölfi

8

Biene Emma

9

Geißbock Hennes

# 103 Vorschriften!

**Was schreibt der Fußballverband seit der Saison 2008/09 den Spielstätten der 1. und 2. Bundesliga zwingend vor? Streiche die vier falschen Lösungen durch.**

- A Es müssen ausreichend Currywurstbuden für die Halbzeitpause vorhanden sein.
- B Zuschauer dürfen während des Spiels nicht aufstehen.
- C Jedes Stadion muss eine Rasenheizung haben, damit der Rasen auch bei Minusgraden bespielbar bleibt.
- D Der Gang zur Toilette ist für Zuschauer nur in der Pause erlaubt.
- E Die Spielerinnen müssen nach dem Training das Unkraut auf dem Rasen zupfen.

# 104 Spielorte

**Fußball kann man überall spielen. Aber in welchen Spielstätten finden richtige Wettbewerbe statt? Kreuze die richtigen Spielorte an.**

- ◯ SPIELPLATZ
- ◯ STADION
- ◯ PARKPLATZ
- ◯ WIESE
- ◯ FELD
- ◯ SCHWIMMBAD
- ◯ SPORTHALLE
- ◯ FUSSBALLPLATZ
- ◯ KINDERZIMMER
- ◯ STRASSE
- ◯ GARTEN
- ◯ MUSEUM

# 105 Auf dem Fußballfeld

**FUSSBALLWETTBEWERBE** werden auf ebenen, rechteckigen Feldern mit natürlichem oder Kunstrasen ausgetragen. Die Breite eines Fußballfeldes beträgt 45–90 Meter und die Länge 90–120 Meter. Das Tor muss mit einem Netz ausgestattet sein.

**Schreibe folgende Begriffe an die richtige Stelle im Fußballfeld.**

- A Elfmeterpunkt
- B Strafraum
- C Anstoßpunkt
- D Torraum
- E Eck-Viertelkreis
- F Mittellinie
- G Seitenlinie

# 106 Das weiß ein Fußballfan!

**Welche Aussagen sind wahr, und welche sind erlogen? Kreuze an.**

| | | WAHR | FALSCH |
|---|---|---|---|
| 1 | Die Fahne der Schiedsrichterassistenten zeigt an, in welche Richtung die Mannschaft laufen soll. | | |
| 2 | Wenn ein Spieler den Ball außerhalb des Strafraums mit der Hand berührt, gibt es einen direkten Freistoß. | | |
| 3 | Ins Abseits läuft man in der eigenen Spielhälfte. | | |
| 4 | Der Einwurf wird von der Torlinie gemacht. | | |
| 5 | Frauen spielen auf derselben Feldgröße wie Männer. | | |
| 6 | Eine Abwehrmauer der gegnerischen Mannschaft gibt es nur beim direkten oder indirekten Freistoß, nicht beim Elfmeter. | | |
| 7 | Köpfen bedeutet, dass zwei Spielerköpfe aufeinanderprallen. | | |
| 8 | Die italienische Männermannschaft wurde 2014 Weltmeister. | | |
| 9 | Lothar Matthäus ist Trainer der Frauen-Fußballnationalmannschaft. | | |
| 10 | Schiedsrichter haben Trikots der Heimmannschaft und Hosen der Gäste an. | | |
| 11 | Der Videoassistent ist eine Kamera, die der Schiedsrichter auf dem Kopf trägt. | | |
| 12 | Im Frauenfußball dauert eine Halbzeit nur 30 Minuten. | | |
| 13 | Die Gelb-Rote Karte ist die allerletzte Verwarnung, bevor man das Spiel verlassen muss. | | |
| 14 | Bei einem Hattrick köpft die Spielerin den Ball mit einem Hut auf dem Kopf. | | |

# 107 Der Wettbewerb der europäischen Männer-Mannschaften

**DIE EUROPAMEISTERSCHAFT** findet seit 1960 alle 4 Jahre statt. Seit 2016 nehmen 24 UEFA-Mannschaften teil, die sich vorher qualifiziert haben. Es wird in sechs Vierergruppen gespielt, in denen die Gruppenersten und -zweiten sowie die vier besten Gruppendritten sich für das Achtelfinale qualifizieren. Danach wird im K.-o.-System weitergespielt.

**Wenn du nur die geraden Zahlen (2 bis 154) verbindest, siehst du, was es bei der EM zu gewinnen gibt.**

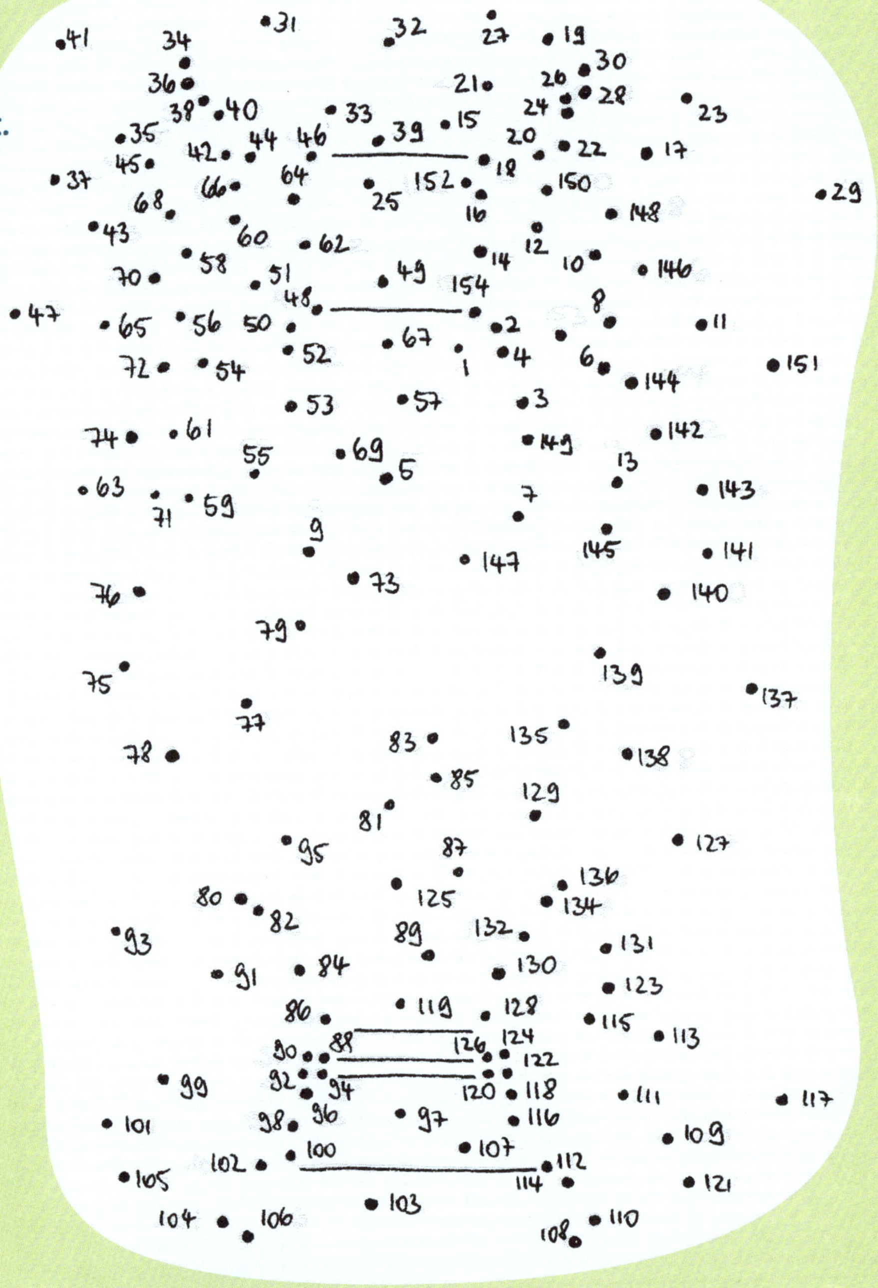

## 108 Alle vier Jahre

**Der Europapokal der Nationen, der 1960 in Frankreich stattfand, gilt heute als erste Europameisterschaft. Danach wurde sie alle vier Jahre ausgetragen. In welchen Jahren gab es keine EM? Streiche die falschen Jahreszahlen durch.**

2012 1966 1996 1976 1971

2001 1980 2004 2008 1989 2020

2021 1968 1984 2016 1964 1992

## 109 Spielorte

**Was bedeutet K.-o.-System beim Fußball? Welche Behauptung ist richtig?**

- A ◯ Bei diesem Spiel sind auch Ringrichter, wie beim Boxen, an der Seite aufgestellt.
- B ◯ Wer verliert, scheidet aus dem Turnier aus.
- C ◯ Alle Spieler, die hinfallen, müssen das Spielfeld für 10 Minuten verlassen.
- D ◯ Der Schiedsrichter darf unfaires Spiel mit einem Faustschlag bestrafen.

# 110 Ganz offiziell

**Wie ist der offizielle Name der Fußball-Europameisterschaft? Entziffere die Geheimschrift!**

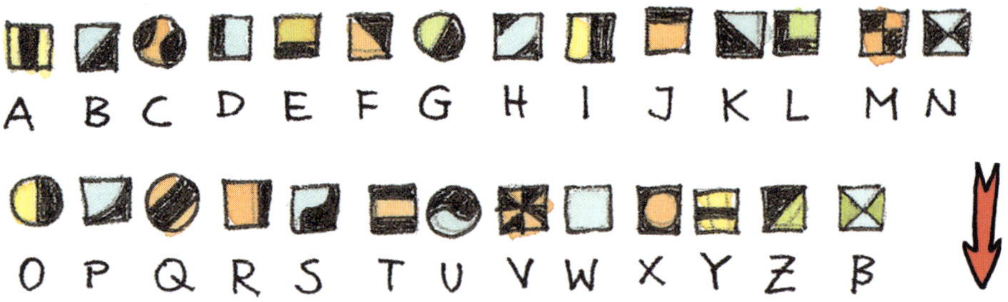


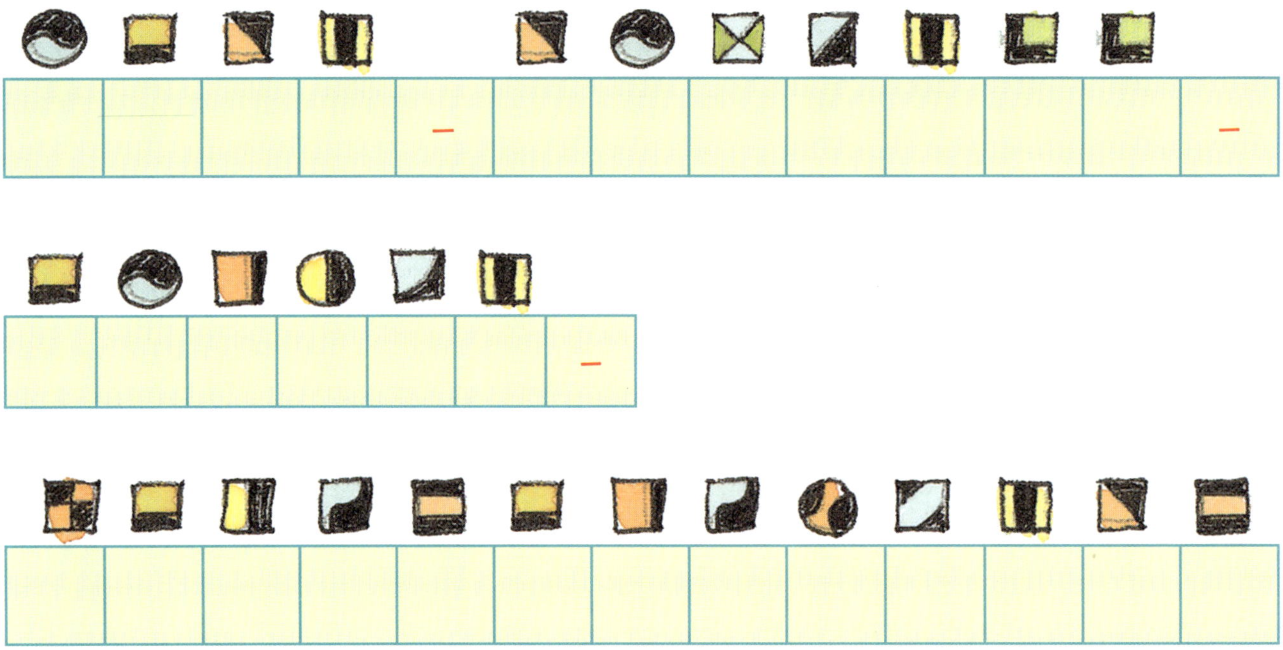

# 111 Das gibt's nicht mehr!

**Was gibt es seit der EM 1980 nicht mehr? Kreuze an.**

- A ◯ Qualifikationsspiele zur Teilnahme an der EM
- B ◯ Das Spiel um den 3. Platz
- C ◯ eine Siegerehrung

## 112 Die Fußballweltmeisterschaft der Männer

Auch die **FUSSBALLWELTMEISTERSCHAFT** wird alle vier Jahre ausgetragen – zweimal musste sie allerdings wegen des Zweiten Weltkrieges ausfallen. Die erste WM fand 1930 in Uruguay statt. Bei heutigen Fußballweltmeisterschaften spielen 32 Nationalmannschaften gegeneinander.

**Welches Land führt die Rangliste der Gewinner der WM an, und welche Länder folgen auf den nächsten Plätzen? Schreibe die Ländernamen auf den entsprechen Platz auf dem Siegertreppchen (Stand 2023)!**

Platz 1 belegt ein südamerikanisches Land, das die WM 1958, 1962, 1970, 1994 und 2002 gewann. Im Halbfinale 2014 verlor dieses Team allerdings 1:7 gegen Deutschland.

Auf dem 2. Platz steht ein europäisches Land, das 1994 und 2006 Austragungsort der WM war. Insgesamt gewann es viermal die WM: 1954, 1974, 1990 und 2014 und wurde viermal Zweiter.

Den 3. Platz belegt der größte Konkurrent Deutschlands um den Platz auf dem Siegertreppchen. Auch dieses Land hat die WM viermal gewonnen: 1934, 1938, 1982 und 2006. Allerdings schaffte es nur zweimal den zweiten Platz. Das Land liegt am Mittelmeer, und man kann dort leckere Nudeln essen.

## 113 Auf einem anderen Kontinent

**Die Männer-WM 2026 wird auf dem amerikanischen Kontinent in drei Ländern stattfinden. Wie sie heißen, kannst du lesen, wenn du für die Zahlen die entsprechenden Buchstaben aus dem Zahlenalphabet aufschreibst.**

| 11 | 1 | 14 | 1 | 4 | 1 | , | 13 | 5 | 24 | 9 | 11 | 15 | , | 21 | 19 | 1 |
|---|---|---|---|---|---|---|---|---|---|---|---|---|---|---|---|---|
|  |  |  |  |  |  | , |  |  |  |  |  |  | , |  |  |  |

## 114 Legenden und ihre Rückennummern

Zum ersten Mal haben 1911 zwei australische Vereine RÜCKENNUMMERN auf den Trikots ihrer Spieler angebracht. Die Rückennummern helfen Schiedsrichtern und Zuschauern bei der schnellen Identifizierung der Spieler. Erst in der Saison 1948/49 wurden in Deutschland die Rückennummern eingeführt.

Heute sind einige Nummern besonders beliebt und zum Teil richtige Marken.
Mit der Nummer 10 auf seinem Trikot wurde der brasilianische Fußballer Pelé zur Legende. Sein ehemaliger Club FC Santos hat deswegen nach Pelés Tod 2022 beschlossen, diese Nummer nie wieder zu vergeben.

**Finde heraus, welche Rückennummern mit berühmten Fußballspielern verbunden werden. Schreibe dafür die richtige Zahl aus dem Vierzigerfeld hinter den entsprechenden Fußballer. Du kannst das Hunderterfeld (Seite 2) zu Hilfe nehmen.**

- A Bastian Schweinsteiger: ______
- B Christiano Ronaldo: ______
- C David Beckham: ______
- D Gerd Müller: ______
- E Johann Cruyff: ______
- F Lionel Messi: ______
- G Miroslav Klose: ______
- H Oliver Bierhoff: ______
- I Oliver Kahn: ______
- J Philipp Lahm: ______
- K Franz Beckenbauer: ______

| | | | | | | | | | |
|---|---|---|---|---|---|---|---|---|---|
| I | | | | K | | B | | | F |
| G | | D | E | | | | | | H |
| J | | C | | | | | | | |
| A | | | | | | | | | |

# 115 Fußballhelden der Vergangenheit

In manchen Ländern werden Fußballspieler zu **HELDEN**. In Brasilien und Argentinien etwa spielt Fußball im Leben der Menschen eine sehr große Rolle. Bei wichtigen Spielen fiebern alle mit, und die Sportler werden zu Vorbildern für die Bevölkerung.

**A Kannst du diesen Bandwurmsatz unterteilen und verstehen?**
**Zeichne zwischen den Wörtern einen roten Strich ein, zwischen den Sätzen einen blauen.**

DerallertollsteSpielerdenichjemalsgesehenhabe
heißtPeléErspieltevieleJahrefürBrasilienInseiner
ZeitalsFußballerhater1369SpielebestrittenErwar
eingenialerSpielerundBallkünstlerAberauchFranz
BeckenbauerDiegoMaradonaundMichelPlatini
warenherausragendeSpieler

**B Wie heißen die vier Spieler, die in diesem Bandwurmsatz genannt werden?**
**Kannst du erraten, welcher Spieler aus welchem Land stammt?**
**Schreibe die Namen auf die Linien.**

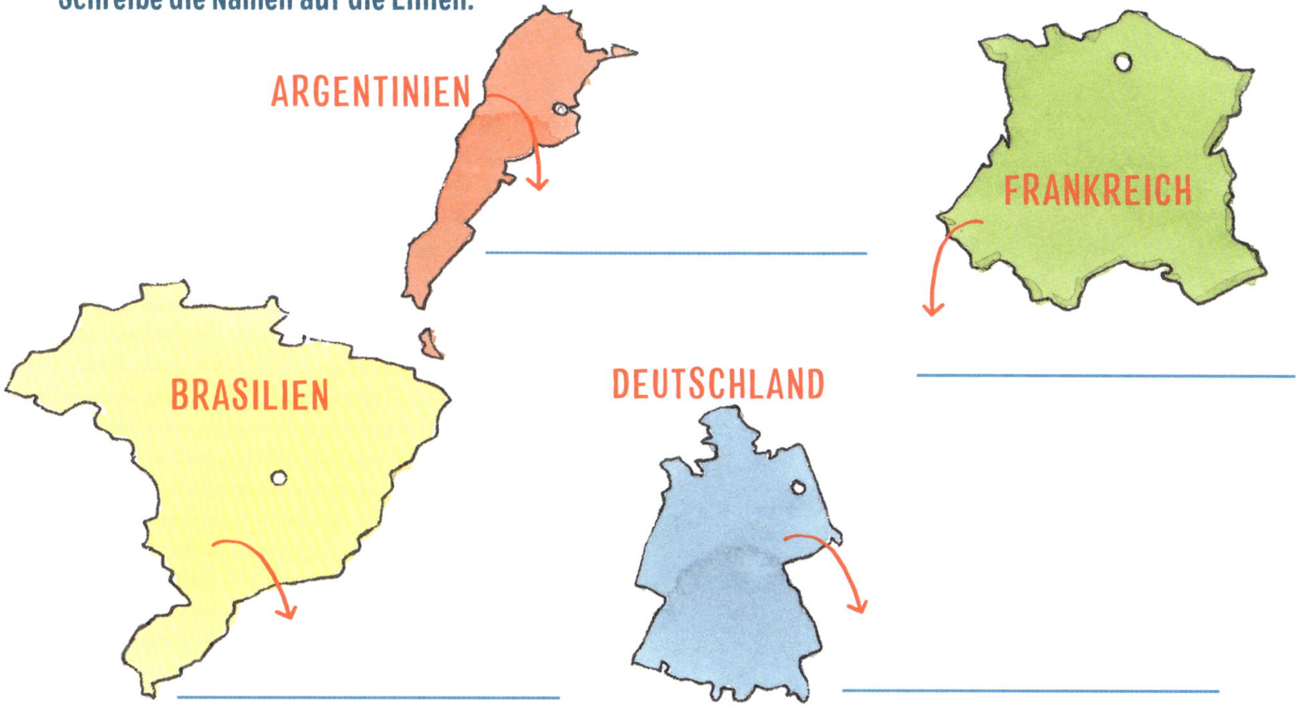

# 116 Die sind Weltklasse!

Hund Wuffi hat leider das Fußballlexikon mit den Weltklassespielern aus aller Welt zerfetzt. Auf den <u>ungeraden</u> Seiten steht immer der Name eines Super-Fußballers und auf der darauffolgenden Seite sein Herkunftsland.

Verbinde die beiden zusammengehörigen Seiten mit einem Strich!

# 117 Begriffe aus der Fußballwelt

**Verbinde die Buchstaben mit Pfeilen zu sinnvollen Fußballbegriffen und schreibe sie unten auf die Linien. Der erste Buchstabe jedes Worts ist rot markiert.**

BEISPIEL:

T→I→K
↑
K←A←T

TAKTIK

**A**

| | | |
|---|---|---|
| H | E | A |
| R | W | B |

**B**

| | | |
|---|---|---|
| F | E | K |
| L | A | N |

**C**

| | | | |
|---|---|---|---|
| O | R | T | E |
| T | H | Ü | R |

**D**

| | | | |
|---|---|---|---|
| T | S | F | U |
| I | E | G | A |

**E**

| | | |
|---|---|---|
| L | A | N |
| E | H | D |
| I | P | S |

**F**

| | | |
|---|---|---|
| A | U | S |
| C | I | G |
| H | E | L |

**G**

| | | |
|---|---|---|
| M | S | E |
| E | R | B |
| N | O | T |

**H**

| | | | | |
|---|---|---|---|---|
| A | L | E | S | Z |
| B | L | B | I | T |

**I**

| | | | | |
|---|---|---|---|---|
| G | A | B | U | N |
| I | L | S | E | D |

**J**

| | | | |
|---|---|---|---|
| G | H | C | E |
| N | S | E | I |
| U | L | W | N |

**K**

| | | |
|---|---|---|
| L | Ä | G |
| R | N | N |
| E | G | U |
| V | E | R |

# 118 Der große Fußballtest

**Teste dein Fußball-Wissen und löse das Quiz.**

**1 Wofür steht die Abkürzung UEFA?**

- A ◯ Ulkige Erbsen fliegen anders
- B ◯ Union ehemaliger Fußballvereine Amerikas
- C ◯ Union des associations européennes de football

**2 Das Vortäuschen eines Fouls nennt man …**

- A ◯ Schwalbe
- B ◯ Taube
- C ◯ Spatz

**3 Was bedeutet Pike?**

- A ◯ Ein Pokal der G-Jugend
- B ◯ Eine Schramme am Scheinbein
- C ◯ Ein Schuss mit der vorderen Schuhspitze

**4 Was ist ein Hattrick beim Fußball?**

- A ◯ Eine Spielerin schießt in einer Halbzeit drei Tore nacheinander
- B ◯ Ein Tanzschritt mit der Gegenspielerin
- C ◯ Ein Rasierwasser

**5 Welches Land spielte 2022 nicht im Finale der Männer-WM?**

- A ◯ Frankreich
- B ◯ Deutschland
- C ◯ Argentinien

**6 Was ist ein Schlenzer?**

- A ◯ Ein Faulenzer
- B ◯ Eine Schussart
- C ◯ Ein Energy-Drink

**7 Welcher Verein hat die meisten Meistertitel gewonnen?**

- A ◯ RB Leipzig
- B ◯ Bayern München
- C ◯ Borussia Dortmund

**8 Wer ist kein Torhüter?**

- A ◯ Manuel Neuer
- B ◯ Gregor Kobel
- C ◯ Joshua Kimmich

**9 Welche Verletzung zieht man sich beim Fußball häufig zu?**

- A ◯ Kreuzbandriss
- B ◯ Sockendehnung
- C ◯ Schnürsenkelkürzung

**10 Was darf man nicht ins Stadion nehmen?**

- A ◯ Fahne
- B ◯ Feuerwerkskörper
- C ◯ Fußballtröte

**11** **Wie heißt das Stadion, in dem Hertha BSC Heimspiele spielt?**

- A ◯ Bärenhalle
- B ◯ Berliner-Ballfeld
- C ◯ Olympiastadion

**12** **Wie heißt der italienische Fußballclub weiter? Juventus …**

- A ◯ … Turin
- B ◯ … Athen
- C ◯ … Entenhausen

**13** **Für welchen Wettbewerb können sich auch 24 Vereine der unteren Fußballligen in Deutschland qualifizieren?**

- A ◯ Champions League
- B ◯ Sommerolympiade
- C ◯ DFB-Pokal

**14** **Wie heißen die Linienrichter heute?**

- A ◯ Handlanger
- B ◯ Schiedsrichterassistenten
- C ◯ 2. und 3. Schiedsrichter

**15** **Wie heißt ein besonderer Schiedsrichter?**

- A ◯ Vierter Offizieller
- B ◯ Auswechselschiedsrichter
- C ◯ Tribünenrichter

**16** **Wie nennt man den Strafstoß, der direkt ins Tor ohne gegnerische Mauer ausgeführt wird?**

- A ◯ Bestrafungsschuss
- B ◯ Ab-ins-Tor-Schuss
- C ◯ Elfmeter

**17** **Welcher Verein hat 2023 die Meisterschaft der Männer und der Frauen gewonnen?**

- A ◯ Borussia Dortmund
- B ◯ Bayern München
- C ◯ VfL Wolfsburg

**18** **In welcher deutschen Liga bekommt die Siegermannschaft einen Pokal und keine Schale?**

- A ◯ 1. Bundesliga
- B ◯ 2. Bundesliga
- C ◯ 3. Bundesliga

**19** **Wie heißt eine ehemalige Weltfußballerin?**

- A ◯ Birgit Prinz
- B ◯ Verena Fürst
- C ◯ Gisela König

**20** **Wer ist Trainer der deutschen Männer-Nationalmannschaft (Stand 2023)?**

- A ◯ Heinz Fix
- B ◯ Julian Nagelsmann (seit September 2023)
- C ◯ Hubert Foxi

# Lösungen

1. China
2. B
3. A. England | B. London
4. D
5. Calcio Storico (gesprochen: „Kaltscho Storiko“)
6. 1863
7. C
8. C und E
9. B und C
10. A. Orthopäde | B. Physiotherapeut
11. Schienbeinschoner
12. 1A | 2C | 3B | 4B | 5A
13. 0 : 0
14. VfB Eiffelturm und RB Bourges
15. Spanien | Brasilien | Italien | Kroatien
16. Zürich
17. 55
18. VfB Leipzig
19. Bayern München
20.

| | | | | | | | | | | |
|---|---|---|---|---|---|---|---|---|---|---|
| | | | 1 | K | O | F | F | E | R | |
| | | 2 | G | A | B | E | L | | | |
| | | 3 | E | L | E | F | A | N | T | |
| | | 4 | K | I | R | S | C | H | E | N |
| 5 | B | R | I | L | L | E | | | | |
| | | | 6 | E | I | M | E | R | | |
| | | 7 | N | A | G | E | L | | | |
| 8 | A | N | A | N | A | S | | | | |

21. 12 : 0 ging das Spiel aus.
22. Bomber der Nation
23. 10 + 14 + 17 + 20 + 30 + 42 + 56 + 77 + 99 = 365 Tore
24. 1 | 4 | 6 | 7 | 10
25. Stollen
26.

27. C

28.

| | | | | | | | | | | | | | | |
|---|---|---|---|---|---|---|---|---|---|---|---|---|---|---|
| Q | W | E | T | R | T | Z | U | C | I | O | P | Ü | A | S |
| S | C | H | U | M | A | C | H | E | R | D | F | G | H | J |
| K | L | Ö | R | Ä | Y | X | C | C | V | B | N | M | M | N |
| B | V | C | E | X | Y | Ä | L | H | Ö | K | J | H | G | F |
| D | S | A | K | A | H | N | Q | P | R | T | Z | U | I | O |
| P | O | I | U | Z | T | E | R | E | W | Q | A | S | B | D |
| D | F | G | H | J | U | U | T | K | T | R | N | B | A | R |
| S | D | F | B | G | E | E | W | Z | O | P | F | Q | R | E |
| G | H | M | A | I | E | R | X | C | V | F | B | N | T | M |
| K | A | S | I | D | F | G | H | J | A | L | K | Ö | H | O |
| Ö | P | O | A | U | Z | T | R | F | E | W | Q | A | E | S |
| P | Z | E | E | C | L | G | P | V | B | H | G | C | Z | M |
| K | U | D | R | D | K | T | Ö | F | N | J | A | X | V | M |
| E | J | C | F | P | Q | R | C | A | S | I | L | L | A | S |
| D | K | B | B | U | F | F | O | N | L | K | S | D | B | N |

29. Sponsoren
30. 81.365 Menschen finden dort Platz.
31. A. 12 Fünfecke und 20 Sechsecke | B. 450 Gramm
32. B

C. 9

D. Hockey (Schläger), American Football (eiförmiger Ball und Helm)

33.

34. B
35. Finte

36.

| | | | | | | | | | | | |
|---|---|---|---|---|---|---|---|---|---|---|---|
| B | A | K | O | P | F | S | T | O | S | S | T |
| A | U | T | O | R | Ä | T | D | T | E | G | O |
| L | S | S | U | H | C | S | R | O | T | N | B |
| L | B | L | N | Ü | L | E | I | P | S | U | Z |
| M | I | L | E | L | A | I | B | B | I | R | R |
| I | E | A | H | R | O | T | B | U | C | H | O |
| T | S | B | C | H | H | E | E | C | H | Ü | T |
| N | E | E | S | Ü | D | N | L | A | U | F | O |
| A | L | D | U | T | O | R | N | A | H | L | R |
| H | N | N | Ä | R | T | O | R | O | T | L | U |
| M | A | U | T | O | R | T | E | I | L | A | B |
| E | M | H | A | N | N | A | L | L | A | B | I |

37. Fehlpass
38. 55 Ballkontakte
39. circa 10 Kilometer
40. Volley
41. Hackentrick
42. Schlenzer
43. Grillen | Kopfrechnen | Shoppen
44. A | D | F
45. Abwehr
46. Abwehrmauer
47. –––––––
48. A. Torwartin | B. Abwehrspielerin | C. Mittelfeldspielerin | D. Linksaußen | E. Mittelstürmerin | F. Rechtsaußen | G. Mittelfelsstürmerin | H. Abwehrspielerin | I. Auswechselspielerin
49. 1 = Manndeckung | 2 = Eckstoß | 3 = Einwurf | 4 = Elfmeter | 5 = Flanke | 6 = direkter Freistoß | 7 = Grätschen | 8 = Doppelpass
50. Spieler 6
51. A, C, D
52. direkten Freistoß
53.

54.

55. Gelbe Karte: Verwarnung | Rote Karte: Spielfeldverweis
56. A2 | B4
57.

58. Der Videoassistent soll im Zweifelsfall auf Fehlentscheidungen des Schiedsrichters hinweisen oder sie vermeiden. Er sitzt fernab vom Spielfeld im *Video Assist Center* und schaut sich strittige Situationen in der Wiederholung oder in Zeitlupe auf einem Fernseher an und gibt seine Sicht der Dinge über Funk weiter. Manchmal kann der Schiedsrichter auch am Spielfeldrand in einer Spielunterbrechung den Videobeweis auf einem Monitor direkt anschauen.

59.

60. Auswechslung

61. 1. Abseits | 2. kein Abseits, da Eckball | 3. Abseits | 4. kein Abseits, weil beide Spieler in der eigenen Hälfte sind | 5. kein Abseits, weil mindestens zwei gegnerische Spieler vor dem angespielten Spieler sind

62. 42

63. Er pfeift indirekten Freistoß.

64.

| | Position | Verhalten |
|---|---|---|
| TESSA | Stürmer | Bein stellen |
| LUKAS | Auswechselspieler | beobachten |
| JAKOB | Mittelfeldspieler | dribbeln |
| LEO | Torwart | brüllen |

65. Richtig sind: Pfeife, Notizkarten, Fahnen, Karten, Freistoßspray = Lösung: **Fairness**
Falsch sind: Handy, Rauchzeichen, Lupe, Boxhandschuhe

66. Gelbe: 1, 3, 4, 7 | Rote: 2, 3, 5, 6 (Bei Nr. 3 gibt es erst Gelb, dann Rot.)

67. A. Gehirnerschütterung | B. Kieferbruch | C. Kreuzbandriss | D. Sprunggelenksverletzung | E. Muskelverletzung | F. Schulterverletzung

68. Marco Reus

69. Marco Reus begann seine Erstliga-Karriere 2009 bei Borussia Mönchengladbach, bis er 2012 zurück zu seinem Jugendverein Borussia Dortmund wechselte.

70. Maximilian Arnold

71. Die Lehre von der Anordnung

72. A. Es sind zu viele Spieler auf dem Feld. | Zwei Torhüter sind im Tor. | Zwei Bälle sind im Spiel. | Ein Spieler zieht eine Fahne raus. | Ein Fußballer pinkelt gegen die Eckfahne. | Ein Spieler hält den Schiedsrichter fest. | Viele Spieler sind abgelenkt und unkonzentriert.

B. Mannschaft „Lila-Gelb“ = 22 Spieler | Mannschaft „Blau-Weiß“= 11 Spieler

73.

74.

| | | | | | | | | | | | | | | |
|---|---|---|---|---|---|---|---|---|---|---|---|---|---|---|
| K | Q | W | B | E | C | K | E | N | B | A | U | E | R | E |
| L | Ö | W | O | P | Ü | L | A | T | T | E | K | Ä | E | R |
| O | L | K | J | H | G | I | F | D | D | S | A | Y | H | T |
| P | X | C | H | E | Y | N | C | K | E | S | V | B | H | Z |
| P | N | M | E | Ö | P | S | O | I | R | U | Z | T | A | U |
| R | W | H | R | M | L | M | Q | W | W | E | R | T | G | I |
| E | E | Z | B | N | K | A | Z | U | A | J | O | N | E | S |
| W | I | J | E | B | J | N | V | I | L | O | P | Ü | L | C |
| Q | S | N | R | V | H | N | Ö | Ä | L | F | D | V | U | H |
| A | W | M | G | C | G | F | L | L | M | Z | N | B | C | Ö |
| S | E | Ü | E | X | V | B | L | J | N | E | I | D | D | N |
| D | I | J | R | D | O | F | E | M | A | S | D | G | I | R |
| F | L | I | C | K | G | R | R | I | B | B | E | C | K | L |
| F | E | K | E | H | T | T | Ö | Z | O | N | T | J | W | X |
| G | R | R | T | T | S | S | H | I | T | Z | F | E | L | D |

75. 1. Berti Vogts | Franz Beckenbauer | Jürgen Klinsmann | Martina Voss-Tecklenburg | Rudi Völler | Sepp Herberger | Steffi Jones | Silvia Neid
2. A. Otto Nerz
B. Joachim Löw
C. Hansi Flick

76. A. Offensive | B. Defensive

77. -------

78. -------

79. 1970

80. In der 1. Bundesliga spielen 12 Frauen-Mannschaften und in der 2. Bundesliga 14 Teams.

81. Die Fußballweltmeisterschaft der Frauen wird seit 1991 ausgetragen. 2003 gewann die deutsche Mannschaft das erste Mal den Weltmeistertitel.

82. Wahr sind nur die Aussagen A und C.

83. A. Alexia Putellas | B. Lea Schüller | C. Birgit Prinz | D. Christiane Endler

84. Bibiana Steinhaus

85. Von unten nach oben: Kreisklasse – Kreisliga – Bezirksliga – Landesliga – Verbandsliga – Oberliga – Regionalliga – 3. Liga – 1. und 2. Bundesliga

86. A = 1 | B = 1. 3. Liga, 2. 1. Bundesliga, 3. 2. Bundesliga | C = 3

87. Baden-Württemberg: Karlsruher SC, SC Freiburg | Bayern: 1. FC Nürnberg, FC Bayern München, FC Augsburg | Berlin: Hertha BSC | Hamburg: FC St. Pauli, Hamburger SV | Hessen: Eintracht Frankfurt, Kickers Offenbach | Niedersachsen: Hannover 96 | NRW: 1. FC Köln, Borussia Dortmund, Schalke 04 | Rheinland-Pfalz: 1. FC Kaiserslautern, 1. FSV Mainz 05 | Sachsen: Dynamo Dresden, RB Leipzig

88. Hamburg

89. A. Lothar Matthäus | B. Birgit Prinz | C. 1954, 1974, 1990, 2014 | D. 2-mal (2003 und 2007) | E. Miroslav Klose | F. Russland

90. Bayern München – Allianz Arena | Bayer 04 Leverkusen – BayArena | Borussia Mönchengladbach – Borussia-Park | VfB Stuttgart – MHPArena | Hertha BSC – Olympiastadion | Borussia Dortmund – Signal Iduna Park | FC Schalke 04 – Veltins-Arena | VfL Wolfsburg – Volkswagen Arena | Werder Bremen – Weserstadion

91.

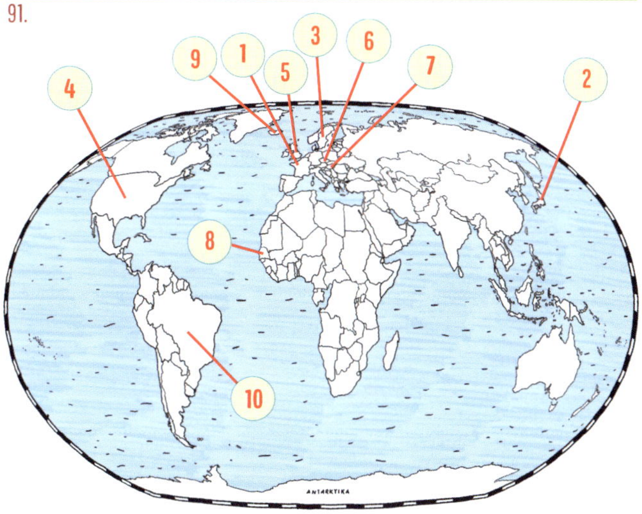


92. UEFA Champions League – Real Madrid – Pokal C | DFL-Supercup – FC Bayern München – Pokal A | UEFA Europa League – FC Sevilla – Pokal B

93. Olympische Spiele

94. H und I sind identisch.

95. B

96. A. FC Bayern München | B. FC St. Pauli | C. 1. FC Union Berlin | D. Bayer 04 Leverkusen | E. Eintracht Frankfurt | F. Werder Bremen | G. FC Schalke 04 | H. Borussia Dortmund | I. VfL Wolfsburg | J. Hannover 96 | K. VfB Stuttgart | L. TSG 1899 Hoffenheim | M. RB Leipzig | N. SC Freiburg

97. Juventus Turin | Manchester United | Rapid Wien | Ajax Amsterdam, Benfica Lissabon | ZSKA Moskau | Celtic Glasgow | Olympique Marseille | Steaua Bukarest | Aston Villa

98. Dänemark | Spanien | Polen | Ungarn

99. C, E, G, I, L

100. –––––––

101. –––––––

102. 1. Hertha BSC | 2. FC Bayern München | 3. Hamburger SV | 4. 1. FC Kaiserslautern | 5. TSG 1899 Hoffenheim | 6. VfB Stuttgart | 7. VfL Wolfsburg | 8. Borussia Dortmund | 9. 1. FC Köln

103. Richtig ist nur die Vorschrift C.

104. Stadion, Sporthalle, Fußballplatz

105. 1F | 2E | 3B | 4D | 5A | 6G | 7C

106. Wahr sind nur die Aussagen 2, 5 und 6. Alle anderen sind ausgedacht.

107. Ein Pokal ist der Gewinn.

108. 1966, 1971, 1989, 2001 und 2020 (wegen Corona-Pandemie) fanden keine EM statt, dafür ausnahmsweise 2021.

109. B

110. UEFA-Fußball-Europameisterschaft

111. Das Spiel um den 3. Platz

112. 1. Platz: Brasilien | 2. Platz: Deutschland | 3. Platz: Italien

113. Kanada, Mexiko und USA

114. A. Bastian Schweinsteiger: 31 | B. Christiano Ronaldo: 7 | C. David Beckham: 23 | D. Gerd Müller: 13 | E. Johann Cruyff: 14 | F. Lionel Messi: 10 | G. Miroslav Klose: 11 | H. Oliver Bierhoff: 20 | I. Oliver Kahn: 1 | J. Philipp Lahm: 21 | K. Franz Beckenbauer: 5

115. A. Der|allertollste|Spieler|den|ich|jemals|gesehen|habe|heißt|Pelé|Er|spielte|viele|Jahre|für|Brasilien|In|seiner|Zeit|als|Fußballer|hat|er|1369|Spiele|bestritten|Er|war|ein|genialer|Spieler|und|Ballkünstler|Aber|auch|Franz|Beckenbauer|Diego|Maradona|und|Michel|Platini|waren|herausragende|Spieler

B. Frankreich: Michel Platini | Deutschland: Franz Beckenbauer | Brasilien: Pelé | Argentinien: Diego Maradona

116. Erling Haaland – Norwegen | Mo Salah – Ägypten | Lionel Messi – Argentinien | Kylian Mbappé – Frankreich | Federico Chiesa – Italien | Harry Kane – England | Shinji Kagawa – Japan | Yann Sommer – Schweiz | Robert Lewandowski – Polen

117.

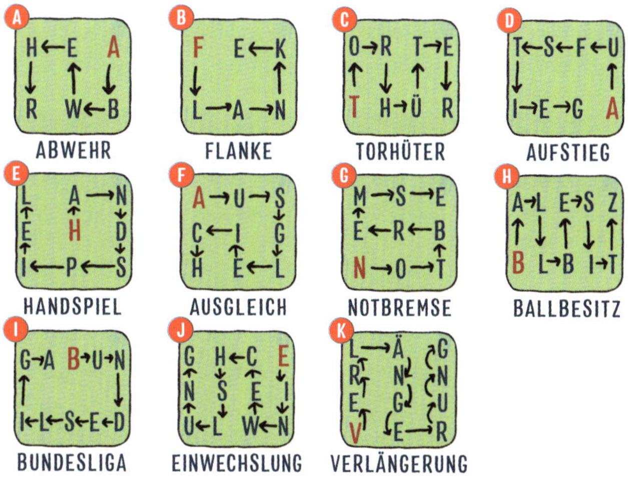


118. 1C | 2A | 3C | 4A | 5B | 6B | 7B | 8C | 9A | 10B | 11C | 12A | 13C | 14B | 15A | 16C | 17B | 18C | 19A | 20B

Wir produzieren nachhaltig
- Klimaneutrales Produkt
- Papiere aus nachhaltigen und kontrollierten Quellen
- Hergestellt in Europa


Völckersstraße 14–20, 22765 Hamburg

Konzept: Nikki Busch
Konzept & Text: Nikki Busch, Cordula Thörner
Illustrationen: Cornelia Haas, Christiane Hahn
Grafik: Christiane Hahn
Lektorat: Dr. Oliver T. Domzalski, Victoria Hahn
www.carlsen.de
ISBN: 978-3-551-19190-8